風が吹く

めおと相談屋奮闘記

野口　卓

集英社文庫

目次

風が吹く

めおと相談屋奮闘記

主な登場人物

信吾　黒船町で将棋会所「駒形」と「めおと相談屋」を営む
波乃　楽器商「春秋堂」の次女　信吾の妻
甚兵衛　向島の商家・豊島屋のご隠居　「駒形」の家主
常吉　「駒形」の小僧
ハツ　「駒形」の客で天才的将棋少女
権六　「マムシ」の異名を持つ岡っ引
猩写　将棋指し
正右衛門　信吾の父　浅草東仲町の老舗料理屋「宮戸屋」主人
繁　信吾の母
正吾　信吾の弟
咲江　信吾の祖母

口が裂けても

一

「越太《こした》さんでしたか」

伝言箱への紙片で信吾《しんご》を呼び出したのは、将棋会所「駒形《こまがた》」の客であった。わかっているのは越太という風変わりな名前と、福井町《ふくいちょう》にある足袋問屋「島田屋《しまだや》」の跡取りで二十代半ばということ。相当な将棋好き、それくらいである。

見世を抜けて指しに来ることが多く、外廻《そとまわ》りの途中でも時間を作って、あるいは適当にごまかして「駒形」に顔を出すらしい。小僧が呼びに来たことが、越太がいないときにも何度かあったほどだ。父親や番頭に、「どうせ将棋会所にちがいない。呼んで来なさい」と言われたのだろう。

福井町から黒船町《くろふねちょう》の「駒形」までは少し距離がある。大人にとってはなんでもないかもしれないが、十二、三歳の小僧にすればその往復は相当にきついにちがいない。呼びに来ても、いないこともあるとなればなおさらだ。

波乃《なみの》に話すと、「小僧さんもたいへんね」と言って、駄菓子の紙包みを用意してくれた。小僧が呼びに来ると、お駄賃代わりに渡すようにしたのである。わずかそれだけでも、小僧にとってはうれしいらしかった。それからは「駒形」に越太を呼びに来るのが、楽しみになったようだ。

小僧でなく番頭が呼びに来たことがあって、信吾は越太の名前の由来を知ることができた。番頭はまだ四十歳前後だろうが、頭頂はすっかり禿《は》げている。側頭と後頭に半白の髪が残り、申し訳のように細くて薄い髷《まげ》が乗っていた。

周りを気にして小声で話すので、二人の遣《や》り取《と》りは途切れ途切れにしか聞こえなかった。もう少し仕事に本腰を入れてもらわねば困りますとか、せっかく旦那さまが期待して名前をお付けになったのに、などと言っているうちに、越太という名に親の思いが深く刻まれているのがわかったのである。

遣り繰りをしながらなんとか苦しい状況を乗り越え、商いが軌道に乗ったときに子供を授かった。両親がどれほど喜んだことか。見世のこれからを託すにふさわしい、期待の赤児《あかご》であったのだ。苦境をなんとか越したので、あとは発展あるのみとの想《おも》いで付けられたのが、越太という名だそうだ。

「それなのに将棋なんぞに現《うつつ》を抜かして、なんとも情けない」

将棋客の何人かが苦笑するのを見て、越太は透かさずからかった。

「番頭ともあろうものが、言うべきことではないと思うけどね。それじゃ、ここに来る人はだれもが、いい齢《とし》をして現を抜かしていることになるじゃないか。それに情けないと言うけれど、将棋は頭を使うしこれほど奥の深い楽しみはありませんと言って、嫌がるわたしにむりやり教えたのは番頭じゃなかったっけ」

多くの客が、今度は苦笑ではなくにやにや笑いとなった。番頭もバツが悪そうに笑うしかない。

「なにも、やるなと言っているのではありません。お仕事をおっぽり出してまで、夢中になることはないと申しているのです。仕事を終えてからでしたら、旦那さまも文句はおっしゃいませんから」

「ここは夕方の七ツ(四時)すぎには、みんな帰ってしまうんだよ。仕事を終えてから来てもだれもいやしない。夜も開けてくれるように、番頭から席亭さんに頼んでくれないかな」

「無茶をおっしゃるものではありません。夜になるまで我慢して、どなたか将棋好きのお方と、お家《うち》で指されたらいいではありませんか」

「わたしの周りには、ちょうどいい相手がいなくてね。囲碁には置き碁、将棋には駒落ち戦があるけれど、自分とおなじくらいの腕の相手でないとおもしろくないのは、おまえだってわかっているだろう。番頭は弱すぎて勝負にならないから、仕方なくここに来るんじゃないか」

越太の実力は「駒形」では上の中辺りと、かなりの力量である。

「ともかく、今日は帰っていただきます。小僧では話にならないので、番頭のわたしが迎えに来たのですからね。手ぶらでは帰れないでしょう。首に縄を付けてでも」

「わかりましたよ。言い出したら聞かないんだから」

「旦那さまは大層お怒りですので、こんなことが続けば勘当されます。勘当されたら将棋は指せませんよ。それでもいいのですか、若旦那」

勘当を持ち出されると、さすがに意地を張ることもできないので、越太は渋々と帰って行った。

会所に来る回数は減ったが、それからも越太は勘当されない程度にはやって来る。そう言えばここしばらく、なんとなく元気がない。

「気楽に、母屋に寄ってくださったらよかったのに」

「いや、それは」と、越太は首筋に手を当てた。「どなたも相談屋さんだと知っていますからね。会所に来る人に見られたら、よほどの困りごとがあるのだろうと思われます」

悩みや迷いがあるので相談に来たはずなのに、だれもが人目を気にしてそう言う。わかりますよ、というふうに信吾はうなずいた。

越太が信吾を呼び出したのは、浅草広小路《あさくさひろこうじ》の西側、通りを挟んで南北にある田原町《たわらまち》三丁目の、通りの北側にある小料理屋であった。将棋会所からは十町（約一・一キロメートル）ほどしか離れていないので、この辺りから通って来る客もいる。とすれば、だれかに見られないともかぎらない。

両親が営んでいる東仲町《ひがしなかちょう》の、会席と即席料理の「宮戸屋《みやとや》」にも近かった。越太も知っているはずだが、そちらにしなかったのは、やはり人目を気にしてのことだろう。

越太の住まいは「駒形」から南に十二町（約一・三キロメートル）ほど行った、浅草御門《ごもん》に近い神田川《かんだがわ》北側の福井町である。呼び出した小料理屋は、会所を挟んで住まいからは反対の北側にあるので、地元の人に見られることはないと考えたのだろうか。

自分の近所の人に知られたくないのであれば、母屋に来てもらってもそれほどのちがいはないはずだが、越太なりの考えがあるらしい。

大柄で太った無愛想な小女《こおんな》が、銚子《ちょうし》と盃《さかずき》、突き出しの小皿を置いて去った。越太は信吾に盃を取らせ酒を注《つ》いだが、信吾が銚子に手を伸ばしても渡さずに、黙って自分の盃に酒を満たした。

唇を軽く触れたものの、越太はほとんど飲まずに盃を下に置いた。なんとなく切り出しにくそうであったが、信吾は黙って待った。

「自分のことなんですがね」

八割、いや九割以上の人が、自分自身についての悩みや困りごとで相談にやって来る。残りは家族や友人に関してであった。

「自分のことですけれど」と、越太は繰り返した。「知ったほうがいいのか知らないほうがいいのか」

その言い方からすると、出自についての悩みだと信吾は直感した。

色恋とか嫁取りのことであれば、信吾よりも事情がわかっている友人や知人に相談するはずだ。家を継ぐことに関しても、信吾に相談はしないだろう。期待の長男だし、将棋の腕からして頭もいいようである。難点はその将棋に凝りすぎていることだが、信吾に相談してもどうにもなりはしない。

自分のことで、知ったほうがいいのか知らないほうがいいのか、と言ったとなると出自についてにまちがいあるまい。身近なだれかれに話せることではないが、信吾とは将棋会所の席亭と客というだけの関係である。

それに相談屋のあるじとして、もしかしたら自分に類した悩みの持ち主の相談を、受けたことがあるかもしれないと思ったとも考えられた。それが、問題が出自に関してだと判断した理由であった。

信吾はさりげなく斬りこんだ。

「自分についての秘密めいたことを、どなたかにほのめかされたか、噂《うわさ》をお聞きになられたのではないですか。あるいはなんらかの事情でお知りになった。知りたくはあるけれど知るのが怖くもある。ではどうすればいいのだ、と思い余っておいでになった」

越太は信吾の話す途中から、目を真ん丸に見開いた。

「さすが、席亭さんはよくおわかりだ」

「将棋会所ではないですから、席亭さんはよして、信吾と呼んでください」

「信吾さんにはおわかりなんですね、わたしが自分の生まれのことで相談に来たことが」

やはりそうだったのかと思ったが、越太は勘ちがいしている。相談屋のあるじ信吾は、自分の悩みを察していると思いこんでいるらしい。曖昧な、どうとでも取れる話し方をして、相手の考えを引き出そうとしているのがわからないのだろう。

「とてもそこまではわかりかねましたが、そのことでお悩みの方がときどきいらっしゃいます。周りの人は深く考えることなくあれこれおっしゃるのでしょうが、本人にとってはとんでもなくおおきな問題なんですよね」

「そうなんですよね」

相鎚《あいづち》を打ってから、口調が信吾とほとんどおなじことに気付いたのだろう、越太は思わずというふうに苦笑した。ということは、思い悩んではいても思い詰めている訳ではないようだ。

あまり刺激することなくていねいに聞き出せば、解決の道は拓《ひら》けるだろうという気がした。ところが越太は、黙ったまま口を開こうとしない。いざとなると、ためらわずにいられないのだろう。

　踏ん切りがつかないのであれば、垣根を飛び越えてもらうしかない。だから信吾は、逆手《さかて》を試みることにした。

「散々お迷いの末にお見えになった越太さんに、こんなことを言うのはどうかと思いますが、事実をお知りにならないほうがいいかもしれませんね」

「どういうことでしょう」

「事実を知ったばかりに、とんでもない苦しみを味わわねばならぬこともありますから」

　信吾の真意が読めないからだろう、越太は戸惑いを覚えたようだ。なんと言うべきかわからないらしく、眉間に縦皺《たてじわ》を作って考えこんでしまった。

「知るも地獄、知らぬも地獄という言葉がありますが、実際にそれを味わった人がいましてね。まさに地獄と言うしかない、出口のない苦しみを。もっともその人の場合は、偶然も手伝って、地獄を抜けて極楽に辿《たど》り着けましたが」と、そこで信吾は間を取った。「いや、やはり極楽とは言えないかもしれませんね。たいへんな犠牲を払いましたし、心に永く消えない傷が残ったとなると」

　信吾が口を噤《つぐ》んだために、越太はどうにも我慢ができなくなったようだ。そんな謎めいた言い方をされては、だれだってその先を聞かずにいられないだろう。

二

越太が問い掛けようとしたとき、信吾は静かに切り出した。

「親しくしていただいている和尚さんが話してくださったのですけれど、とても信じられませんでした。だけどお坊さまが、わたしのような若僧に嘘《うそ》を吐《つ》く理由がありませんからね」

ゆっくりと越太はうなずいた。

「たいへんな思いをなさったお方の名前や住まい、商売は伏せさせてもらいますが」と、そこで信吾は言い直した。「伏せるもなにも、そのお方に迷惑が及んではならないからでしょう、和尚が教えてくれなかったのです」

生涯を共にするならこの人しかいないと思った娘のことを、若者は思い切って両親に打ち明けた。親のほうでも息子は十八歳になったことだしと、夫婦で何人かの候補を挙げていたのである。また親戚や商売仲間からも、いい娘がいるのだが嫁にどうかと、それとなく打診されたこともあった。

しかし好きな娘ができたのなら、まず本人の話を聞いてやろうではないか、と両親は目顔で示しあわせた。

相手は二つ離れた町にある商家の三女だが、両家の距離は六、七町（約七〇〇メートル）ほどしか離れていない。父も母もその娘を知っていた。

「あの娘《こ》でしたら礼儀正しいし、明るいけれど控え目な、すなおな娘さんだわ。母さんはとてもいいと思います。おまえさんもそうお思いでしょう」

当然、同意してくれるものと母親が夫を見ると、思いがけないことに腕を組んで目を閉じている。

「どうなさったの。あちらさんは手堅い商いをなさっているし、家の格も釣りあいが取れています。たしか十七歳ですから、年回りもいいじゃないですか」

ところが夫は答えようとも目を開けようともせず、しかも頰が細かく痙攣《けいれん》していた。

それを見て、息子と母親は顔を曇らせた。

「あたしはこの子がお似合いの、まさにぴったりのお嬢さんを見付けたものですから、わが子ながら目が高いと、鼻高々なんですよ」

だが父親は顔を歪《ゆが》めたまま、首を横に振った。それも二度、三度と繰り返したのだ。

「なにか不都合なことがおありなのですね。その訳を話してくださらなければ、この子は納得できないと思います。もちろん、あたしだって」

だが父親は妻にではなく息子に言った。

「あの娘は諦めなさい」

「なぜなのか、その理由を言ってくださらないと。ちゃんとした理由があれば、この子だって諦めるしかありませんが」

「だめなものはだめなのだ」

「ですから」

「くどい。この家《や》のあるじの言っていることが聞けんのか」

凄《すさ》まじい剣幕に、さすがにそれ以上は喰《く》いさがることができなかった。

だが息子は、どうしても娘を諦め切れなかったのである。あるいは自分一人であれば、父も男同士として話してくれるのではないだろうか。あれこれ思い惑って、ふとその考えに辿り着いた。期待もあってだろうが、その思いが次第に膨らんでゆく。

ついには、ほかに方法がないと思うまでになった。

父と二人きりになったとき、息子は思い切って話を蒸し返した。案の定、父は頭ごなしに叱り付けたが、息子は引きさがらない。脅されようが、賺《すか》されようが、なにがあっても怯《ひる》むことなく喰いさがった。

なんとしても夫婦になりたい。許してくれなければ駆け落ちしてでもいっしょになるし、それでも添えなければ無理心中する覚悟だと訴えたのである。

父の顔は苦渋で歪んだ。追い詰められてしまったのだ。息子は瞬《まばた》きもせず、ほとんど睨《にら》むように父親を見ている。もはや逃げることはできない。

二人は長いあいだ見詰めあっていたが、根負けしたのは父親であった。

「おまえは、妹と夫婦になるつもりか」

「なんですって」

父が口を噤んだ理由をあれこれ考えたとしても、さすがにそこまでは思ってもいなかったのだろう。娘についてのよからぬ噂を耳にしたとか、父親同士に因縁めいた確執があるとか、そのようなことを思い描いていたにちがいない。

若者はあんぐりと口を開けたまま、言葉を続けることができなかった。

「こればかりは口が裂けても言うまいと思っていたが、おまえがそこまで思い詰めているなら事実を打ち明けるしかなかろう。母さんがおまえを宿し、腹が迫《せ》り出してくると」とそこで信吾が中断したのは、どうしても話が露骨にならざるを得ないからだ。

「……と言うことだ。まだ若いおまえにはわからぬかもしれんが、男の体はどうにもならんこともある。あの娘の母親とまちがいを犯してしまった。おまえが生まれたときその相手から祝いを述べられたが、それだけではない。腹に子が、あの娘がいたのだ。だがわたしたちは黙って別れることにした。互いに伴侶《つれあい》と子供がいたからな。おまえがあの娘と気があい、好きになるのはむりもない。腹はちがっていても血を分けた妹なのだから」

「そ、そんな」

「嘘だと思いたいだろうが、いくらなんでもこんなことで嘘は吐けん」

「待ってください。あの人はまちがいなく父さんの子なのですか」

「ほかの人の子種ということも考えられるでしょう。何人もの男と付きあっている娘を、わたしは知っています」

「なにが言いたい」

「伴侶がいると言ったはずだ。尻軽な娘なんぞではなく人の妻だ」

それを聞くと、自分の勝ちだとばかり息子は笑いを浮かべた。

「でしたら、ご亭主の」

「そのころは、病で臥《ふ》しがちであった」

なんとしても認めたくない息子は、懸命に考えを巡らせた。

「だとしても、父さん以外の男の人と」

「考えられんことではない。だがな、あの娘が十歳くらいになって、母親と連れ立って歩いているのと擦れちがったことがある。そのときの驚きと言ったらなかった。娘の顔は、まるで鏡に映った自分を見るようであった」

「だとしても変ですよ。自分が病気がちなのに子供が生まれたら、ご亭主がおかしいと思うのではないですか」

「病気がちと言っても、いくらか具合のいいときもある。閨《ねや》はおなじゆえ、褥《しとね》を共にすることもあるだろう」

　持ち駒を使い切って打つ手なし、というふうに息子は天を仰いだ。そして父と子は、ほとんど同時に溜息《ためいき》を吐いたのである。

「あの娘はまちがいなく父さんの子だ。どうする。それでも母さんに話すのか」

　今度は逆に息子が追い詰められた。何度も言い掛けては止《や》めることを繰り返してから、息子は絞り出すように言った。

「それは、そんなことはできませんよ。なにも知らない母さんに、話せる訳がないじゃないですか」

「昔の、たった一度の過ちが、おまえをそれほど苦しめることになるとは思いもせなんだ。天は普《あまね》く見ておるということだな。悪いことはできんものだ」

　息子は母親に話さなかった。いや、話せなかったのだ。

　夫が息子の恋に理不尽な態度を取ったのは、息子の相手が自分の成した子だったからであった。自分を裏切ってほかの女と情を交わしただけでも許せないのに、子供まで儲《もう》けていた。それを知ればなにもかもが壊れ、母は身も心も崩折《くずお》れてしまうだろう。

　心底惚《ほ》れた娘が腹ちがいの妹であった衝撃、そして父の母に対する裏切り行為、なにも知らずに気を揉《も》んでいる哀れな母親、それらが心の裡《うち》で渦を巻く。それにしても、生涯を共にするのはこの人しかいないと思った相手が、腹ちがいの妹であったとは。

母がその事実を知ったなら一体どうなるだろう。二十年も連れ添ってきたのに、夫婦別れになりかねない。別れなかったとしても、両親が地獄のような日々をすごさねばならないのは目に見えていた。

これで若い身が、心ともどもおかしくならないほうがふしぎである。

若者は憔悴《しょうすい》し、ぼんやりして商いに身が入らないどころの騒ぎではなくなった。十日か半月もせぬうちに、寝たり起きたりの日々となったのだ。両親はともに心配したが、父親はその理由を知っているだけに、母親は知らぬなりに、二人とも気を揉んでしまう。

医者に診てもらったが、体に特に悪いところはないと言われた。

「食べる物が咽喉《のど》を通らないということは、胸によほどの痞《つか》えがあるのでしょうな。それが除かれさえすれば、たちまちとは申しませんが、よくなられるはずです。なにか心当たりはございませんか」

あるのだ。それも実に明白な理由が。しかし医者に言えることではない。両親は顔を見あわせ、「さあ」と言葉を濁すしかなかった。

母親は夫が頭ごなしに否定したのが原因だと思っているが、息子にどう切り出せばいいのかわからずに迷っていた。息子は、母の思いとは関係なく日を追って衰弱してゆく。

原因は夫が理由も言わずに息子の結婚を認めなかったからだが、あのときの雰囲気からは、問い詰めても答えるとは思えない。となると、なぜああまで強く拒否したのか、その理由を考えずにはいられなくなる。

息子の具合が悪くなったのは、父親に結婚を拒否されたからだけではないのではないのか。突然、その思いが母親の頭を占めた。きっとそうにちがいない。息子は父親に喰い付いて、理由を訊《き》き出したのだ。それがもとで憔悴したとなると……、と母親は最悪の事態に思い至った。

悩んだ末に母は息子に訊くことにした。

「叱るつもりはないから安心おし。あたしはおまえの苦しみを取り除いてあげたいの。食べ物も咽喉を通らないほどになるなんて、これほど辛《つら》いことはありませんからね。なんとしても以前のようになってもらわなければ。それが母としての願いです」

母として、に思いを籠《こ》めて言うと、息子はこくりとうなずいた。

「父さんに、なぜいっしょにさせてもらえないのか、訊いたんだね」

図星を指されたからだろう、息子がぎくりとなるのがわかった。それを見て、母親は自分の思い描いていた最悪の事態だと、半ば諦め気味に感じずにはいられなかった。訊いただけでなく、息子はその理由を父から引き出したはずだ。

「近ごろ珍しいすなおでしっかりした娘さんだねって、父さんも褒めていたのよ。であれば認めたらいいのに、有無を言わせず、だめなものはだめだと頭ごなしに言うからには、よほどのことがあったとしか思えません」

息子は母がなぜそう言ったかわかったからだろう、俯《うつむ》いてしまい、母の顔を見ることができなかった。

心は決めていただろうに、いざとなるとさすがに母親もためらわずにいられなかったようだ。だが、ついに言ってしまった。その声はひどく震え、しかも掠《かす》れていた。

「あの娘は腹ちがいの妹だと言われたのだね。だからいっしょになれないと」

息子は目を真ん丸に見開き、口を開けたまま、なにも言うことができなかった。

「思ったとおりだわ」

母の言葉に息子はうなだれてしまった。

「母さんは、髪を落とします」

間を置かずにそう言ったということは、状況次第ではどうするか、心の整理ができていたということだろう。

息子は母を見、すぐに目を伏せた。だが母の言った意味がわかったのではなかった。

「尼寺に入ります。おまえに、あの娘と夫婦になってもらいたいから」

「だって、腹ちがいの妹なんだから」

うなずいた母は、別人のようにおだやかな顔になっていた。

「おまえは月足らずで生まれました」

なぜその話になったかわからないからだろう、息子はますます混乱した顔になった。

でありながらうなずいたのは、それまでに何度か月足らずだったと聞かされていたからだ。

母は微笑《ほほえ》みながら、ゆっくりと首を横に振った。

「でも本当は、月満ちて生まれたのです」

三

「とすると……」

言葉の後半は飲みこんだが、息子の混乱は極みに達した。父親に自分の好きな娘が腹ちがいの妹だと告白されたことは、かれにとっては驚天動地の大事件に等しかった。その上もし母の言ったことが事実だとすると、まさに天地がひっくり返ったも同然である。

母は言った。

両家の親同士によって決められてしまった縁組だが、大好きな人がいるのに、見も知らぬ人と所帯をもたねばならぬほど辛いことはない。

祝言が間近に迫るとどうにも堪《こら》えきれなくなり、母親は意を決してその人と会った。会っただけでなく同衾《どうきん》してしまったのである。ひと月もせぬうちに今の夫と祝言を挙げたが、そのときには腹に子がいた。それが当の若者である。

月足らずということで息子は生まれたが、産婆のつぶやきを母親は忘れることができない。

「月足らずにしてはおおきな、立派な赤さんだこと」

母親だけに聞こえるように言ったのだが、わたしの目はごまかせんよ、ということである。

「このことは口が裂けても言うまいと思っていたけれど、おまえがあの娘といっしょになるためには、二人が兄妹《きょうだい》でないことをはっきりさせなければなりませんからね」

息子は半月もせぬうちに、父と母からおなじ言葉を聞いたのである。「口が裂けても言うまいと思っていた」という、予想もしていなかった言葉を。

過ちは父も母も一度かぎりのことであった。「たった一度の過ちが」と父は言ったが、それは情交の回数ではなく、人妻と過ちを犯したこと自体を指しているのだろう。母親に関しては、文字通り一度かぎりとみてまちがいない。

両親はともに、いかなることがあろうと絶対に他人に洩《も》らしてはならないと思っていた。でありながら血を分けた息子の苦しむさまを見るに見かねて、事実を語るしかなかったのだ。

母の告白によって信吾は父と血の繋《つな》がりがないことがわかったが、かれがそれを知ったことを父は知りもしない。

それはともかくとして、息子は両親が「口が裂けても言うまいと思っていた」ことを吐露させたのである。ところがそれによって、ことは解決するとは思えなかった。どう考えても、若者が娘と添い遂げることはできそうにない。

ただ一つだが方法がない訳ではなかった。

そのためには母親はまず、息子が好きになった娘が夫の子であることを本人に認めさせねばならない。それを確認した上で、実は息子はあなたと式を挙げるまえにまちがいを犯してできた子です、と正直に打ち明けるのである。となれば二人は腹ちがいの兄妹ではないので、夫婦になることになんの問題もなくなるはずであった。ただし理屈の上ではだが。

母親は好きになった者同士を添い遂げさせるため、夫にそれを打ち明けた上で尼になる決心をしたということであった。だがそれは口が裂けても終生語るまいと決めていながら父が明かした秘密を、息子が母親に洩らしたことを意味する。父親に対して、これほどひどい裏切りはないだろう。

家が崩壊しない訳がない。そのような状態で妻を迎え入れても、二人が幸せになれる訳がなかった。

父と母がそれぞれ不義を犯し、しかも自分は父の子ではなかった。実の父がだれかと問い詰めても、母は決して答えぬはずだ。それこそ「口が裂けても」明かすとは思えない。

息子はだれを、なにを信じればいいというのか。なに一つとして信じられなくなってしまったのだ。

どうしてこんなことになってしまったのだろうと、息子は茫然《ぼうぜん》とならざるを得ない。ただ一つだけ納得できたことがあった。それまでかれは、父親に似ていると言われたことが一度もなかったのである。

人はお愛想とわかってはいても、男の子には「お父さんにそっくりね」とか「血は争えないものですね、まるでお父さまのよう」、あるいは「笑い方が似ていますよ」などと言うものだ。

だがかれは言われたことがなかった。「女の子は父親の、男の子は母親の血を濃く受けると言いますが、本当にお母さまにそっくりだわ」とか、それに類したことは言われたことがある。だが父に似ているとは、ただの一度も言われなかった。言われなかったはずだ、実の父子ではないのだから。

かれは絶望的な目を母に向けた。

「母さんが尼寺に入っても、わたしはあの人といっしょになれませんよ。だってそうでしょう。長男の婚礼を目前にして母親が尼さんになったとなると、よほどの事情があるにちがいないとだれだって思います。そんな複雑な家に大事な娘を嫁にやる訳にはいかない、とご両親が反対なさるに決まっているではありませんか」

「であれば、式が終わって一段落ついてからにします。だったら問題ないでしょう」

「大ありですよ。祝言を挙げ、みんなに祝ってもらって新しい生活を始めた。ところがほどなく、母親が頭を丸めて尼さんになった。嫁と姑《しゅうとめ》の仲がよほどうまくいっていなくて、母親が息子のことを考えて自分から身を引いたのだろう。それくらいならまだしも、嫁が追い出したにちがいない。おとなしそうに見えるのは猫を被《かぶ》っていたからで、その実、鬼のような女なのだ。外面如菩薩内心如夜叉《げめんにょぼさつないしんにょやしゃ》と言うけれど、まさにそうとしか思えないではないか。それにしても人は見掛けによらぬものだ、なんて噂が立って、いたたまれなくなったあの人は実家《さと》に逃げ帰るしかなくなります。母さんが良かれと思ってしてくれることが、最悪の結果を招くことになりかねないのですよ」

「おまえの言うことにも一理あるわね」

　なんとかして迷路を抜け出すことができたと思ったら、べつの迷路に迷いこんでいた。まさに八方塞がりと言うしかない。

「父親が息災なあいだは、二人は腹ちがいの兄妹ということになりますから、夫婦にはなれません。母親が夫に事実を打ち明ければ、兄妹ではないとわかっていっしょになれるかもしれないですが、家を保つことはできないでしょう。おなじ不義であっても、男と女ではまるで重さがちがいますから」

信吾がそう言うと、越太はおおきくうなずいた。

「母親が尼さんになるくらいでは、すみそうにありませんね」

「息子の心にも深い傷が残りました。父が母を裏切っただけでなく、母も父を裏切った訳ですからね。その血が濃く流れているとすると、自分だっていつ妻を裏切るかしれない。いや、自分だけではない。妻だってそうしないとはかぎりません。疑心暗鬼に陥れば、それこそ地獄ですよ。父親に腹ちがいの妹だと告げられたときに、その娘のことをきっぱりと諦めていれば、いえ、父親を問い詰めさえしなければ、つまり事実を知ろうとさえしなければ、苦しみを味わわなくてもすんだはずです」

「まさにおっしゃるとおりですね」

「信吾がその若者であったならどうする、と和尚に訊かれましたが」

急に話が飛んだので戸惑ったようだが、和尚とはそのこみ入った話を信吾に話した人物のことだと、すぐに越太は気付いたようだ。

「なんと答えられたのですか、信吾さんは」

「わかりません、と。だってわかる訳ありませんもの、自分が実際にその立場に置かれなければ。いえ、置かれたとしても、どうしていいかわからないと思います」

「たしかにそうかもしれません」

「事実をお知りにならないほうがいいかもしれないと言ったのは、知ったほうがいいか知らないほうがいいか、なんとも言えなかったからです。ですからわたしは、和尚さんに聞いた話をしました。もう一度越太さんに、よく考えていただきたかったからです」

信吾がそう言うと、越太は長いあいだ黙っていた。黙ったまま顎を撫《な》でたり、天井に目をやったりと落ち着かない。思案に暮れてだろうが、深い息を吐いたりする。

そして意を決したように言った。

「相談に来ながら自分勝手で申し訳ないですが、少し考えさせていただいてよろしいですか、信吾さん」

「もちろんです。そう思って話したのですから。十分に納得された上でないと、後悔されることになっては越太さんもお辛いでしょうから。それでもやはり聞いてほしいということでしたら、わたしは全力を尽くして相談に乗らせていただく所存です」

「ありがとうございます」と頭をさげてから、越太は弁解でもするように言った。「初めに言いましたが、知ったほうがいいのか知らないほうがいいのか、どちらとも決めかねておりまして。われながら優柔不断だと歯痒《はがゆ》いのですが」

「わたしどもの相談屋は、駆けこみ寺みたいなものでしてね。もっとも駆けこみ寺は、ほかに手段のない女の人のためのものではありますが。いずれにせよ、駆けこまずにすめばそれが一番ですから」

「ところで、相談料はいかほどお支払いすればよろしいのでしょうか」

「だけど、わざわざ来ていただいたということは、わたしが駆けこみ寺に駆けこんだとおなじことでしょう」

「ですがわたしが一方的に話しただけで、まだ越太さんの話は伺っていないではありま
せんか」

「それじゃ、信吾さんがタダ働きに」

「そのために将棋会所で日銭を稼いで、なんとか凌《しの》いでおりますのでご心配なく」

「心配はしていませんが、それではわたしの気持がすみません」

商家の若旦那が、言い出したことを引っこめるとは思えなかった。

「でしたら、今日の飲み代を奢《おご》っていただけませんか」

「もちろん。初めからそのつもりです」

「申し訳ありません。本来ならわたしが払うべきですから。だって越太さんは、立派な
お客さまですもの」

越太はまじまじと信吾を見、ちいさく首を振った。

「それにしても席亭、じゃなかった。信吾さん、あなたというお人は、なんともはや」

四

その夜、食事を終えると八畳の表座敷で茶を飲みながら、信吾は越太とのあれこれを波乃に打ち明けた。驚き、おもしろがり、ときに呆《あき》れ顔になって聞いていた波乃が、しみじみと言った。

「それにしても巌哲《がんてつ》和尚さんて、本当にふしぎなお方ですね。そんなややこしい話を打ち明けられたなんて、よほど頼りにされているからだわ」

「巌哲和尚って」

「信吾さんが親しくしてもらっている和尚さんとなると、巌哲和尚さんしかいらっしゃらないでしょう」

「和尚の名前、話の中に出てきたっけ」

波乃は驚いてまじまじと信吾を見たが、すぐに言われた意味に気付いたようだ。目を閉じると、二人の遣り取りを思い浮かべていたようである。

「いえ。和尚さんのお名前は出ませんでしたけれど、信吾さんが親しくしてもらっている和尚さんとなると巌哲さんでしょう。ほかにどなたかいらっしゃるのですか」

「いませんよ」

「だったら」

「こりゃ愉快だ。越太さんは信じてくれたけれど、まさか波乃までとはね」

「ちょっと待ってください。すると、あの話は嘘っぱちの作り話だったのですか」

「とんでもない。わたしは大事なお客さまに嘘なんて吐きませんよ」

「だけど」

「そういえば、巌哲和尚に教えられたんだったな」

「それご覧なさい」

「人を騙《だま》し、困らせ、陥れるのを嘘と言う。人を安心させ、喜ばせ、夢を抱かせ、気持を明るくするのを方便と言う、ってね。あれは嘘ではなくて方便なんだけど」

「すると越太さんによく考えてもらったほうがいいと思って、そのために信吾さんがあのややこしい話をでっちあげたんですか」

「でっちあげたはひどいけど、越太さんが迷いに迷っているのがわかったからね。こちらだって相談を受ける以上は、いい加減なことはできないので、腹を括《くく》ってもらおうと思ったのさ。相談事は真剣勝負だから」

「すると越太さんと話しながら、あの話を思い付いたのですか」

「そうなるね。相談に来はしたものの、どことなく踏ん切りが付いていないって気がしたんだ。それとなく鎌を掛けてみると出自、つまり自分の生まれに関することらしい。

であれば迷うのもむりはないもの。だからそれを語る以上は、よほど覚悟していないとならないと思ったからさ。でないとただ苦しまなければならないどころか、ますます苦しくなるかもしれないだろう」

「相談に来たからには、思い、悩み、迷った末に、肚《はら》を決めていると思いますけど」

「普通はね。だけど自分の生まれに関することになると、場合によってはその人のそれまでや今が、すっかり覆されかねないからね。自分を見失うことになっては、気の毒だもの」

「それで越太さんとお話をしながら、その裏であんなややこしい話をでっちあ、じゃなかった。捏《こ》ねくり出したのですか」

「捏ねくり出すというとたいへんに聞こえるけれど、話というものはなにかきっかけがあると、次々と出て来ることもあるんだよ」

「だってご主人は奥さんを裏切り、奥さんはご主人を裏切りながら、二人は二十年近くもそれを、曖気《おくび》にも出さなかったのでしょう。お互いが騙しっこしていながら、まるで素知らぬ顔をして二十年近くもすごしてきたのですよ。それが、息子さんに好きな人ができて、なんとしてもいっしょになりたいと訴えたので、そこで初めて打ち明けたんでしょう。それも父親と息子、母親と息子のあいだで。息子さんはご両親の秘密を知ってしまったのに、ご主人と奥さんのあいだでは隠したまま。あたし、そんなややこしい話を信吾さんが、その場で考え出したなんて、とても信じられない。実際にあったことだとしか思えないわ」

「実際にあったかもしれないね」

「それだとわかりますけど、でも信吾さんは越太さんと語りあいながら作りあげたと」

「それができたということは、まるっきり根拠のないことではないのかもしれない」

「どういうことなのかしら」

「あの話を波乃はややこしいと言ったし、たしかにややこしそうに見えはするけど、それは組みあわせのせいじゃないのかな」

「組みあわせって、どういうことですか」

「話のそれぞれの部分は案外とありふれているので、部分部分が自然と組みあわさって一つの話になったのかもしれない。わたしは自分が作り出しておきながら、なぜか考えた気がしないんだよ。いくら想像する癖があるとしても、なにもないところから不意に話が出ては来ないもの。これまでいろんな人の話を聞いたり、本を読んだり、芝居を観《み》たり、落語や講釈、流行唄《はやりうた》を聴いたりしていて、物語の種のようなものが心の底に溜《た》まっていたのかもしれないね。それが越太さんの話を聞いているうちに芽吹いて、双葉が開き、芯が伸びて幹になり、枝を伸ばして、蕾《つぼみ》ができ」

「花が開いて、そこに虫がやってきて、やがて実となったとおっしゃるのね」

「そう。そんな気がしないかい」

「だとしても、なんだか調子が良すぎないですか」

「こういうこともあるんだよ、ときとして。相談を受けたけれど、どうにもならないでやきもきしていたのに、ちょっとしたきっかけで解決できることが。それも思いもしないときに、思いもしないことでね。あるときは仔犬《こいぬ》がじゃれあうのを見ていて、突然のように閃《ひらめ》いたことがあった。猫が欠伸《あくび》するのを見て、こっちはこんなに苦しんでいるのにのんびりしていてうらやましいと思った瞬間に、悩み抜いていた難問を解く糸口が見付かったこともある」

「犬と猫とか、生き物ばかりですね」

「わたしも生き物だよ」

「でも信吾さんは、主役ではなくて脇役みたい」

「どこに光を当てるかで、おなじものでも主役になったり脇役になったり」

「端役にもなるということですか」

「その端役が、次の話では主役に躍り出ることがあるから楽しい。だから観る人はおもしろいんだよ。主役のこともあれば、地味な脇役のこともあるけれど、人は登場人物のだれかに自分を見ることがあるからね。初めから、どうせ端役なんだからと割り切っている人もいるかもしれない。ところが次の芝居では、脇役が主役、端役が脇役、いや主役になることだってある。芝居にはなにがあるかわからない。だからだれもが夢中になるんだ」

「今回の越太さんの相談でも、そんなことが起きるかもしれませんね」

「芝居みたいにうまくゆくとはかぎらないよ。それに越太さんが相談に来るかどうか、わからないからね。わたしの作り話はそれなりに筋が通っているので、やはりこのまま知らないほうがいいと思うかもしれないだろ」

「さてどちらでしょう」

「二八か、よくて三七で、越太さんは来ないんじゃないかな」

「そんな。……あたしはその逆、いえ、逆以上だと思いますけど」

信吾も内心ではそう思っているが、思い通りに進めば苦労はないのだ。あまり期待しないでいたほうが、いい方向に進んだときにはうれしいし、それが力になって解決を早められることもある。

「さっきの方便ですけど、信吾さんは相談に乗っていてよく使うんですか」

「気にしたことはないけれど、案外と使っているかもしれない。ともかくその人の悩みをなくしてあげよう、少しでも軽くしてあげなければと、それしか頭にないからね。なぜ訊くんだい」

「相談を持ち掛けられたとき、あたしも使いたいと思ったの」

「波乃もきっと使ってるはずだよ。越太さんに話したのは、こみ入ってるし長いけれど、ちょっとしたことでは波乃も使っていると思う。嘘は相手を騙そうとするのだから、うしろめたさもあって心に残るけど、その人のためにと思って夢中になってやった方便は、解決したら忘れてしまうからね」

「ところで、越太さんの悩みって、どんな悩みかしら」

「それを考えても詮方《せんかた》ないよ」

「よけいな詮索は、その人に対して失礼ですものね」

「気を揉んでも意味がない。わたしに打ち明けたことで、こちらはなんの助言もしていないのに、越太さんが自分で解決の糸口を見付けるかもしれないしね。やはりと考え直して相談に見えることがあったら、話を聞いて、解決に全力を尽くせばいい。それが相談屋の仕事なんだから」

　とはいうものの気になってならない。居もしない「知りあいの和尚さん」とやらを出《だ》汁《し》にして、長々と作り話を聞かせてしまったのも、それだけ信吾が越太の悩みを気に懸けていたからだろう。

　田原町の小料理屋に呼び出したほど慎重な越太だから、将棋会所で話し掛けるとか、落ちあう日時を書いた紙片を手渡すとは思えなかった。連絡があるとすれば伝言箱に紙片を入れるだろうが、会所の客に見られる危険性のある昼間ではないだろう。

ところが越太は、将棋を指しにすら来なかったのである。家業が忙しくて時間が取れないのか、相談のために呼び出しておきながら取り消したので、バツが悪くて顔を出し辛いのかもしれない。

波乃も気にはしているようだが、なにも言わなかった。なにかあれば信吾が話すのが、わかっているからである。

五

十日ほど経《た》った日の夕刻七ツ半（五時）すぎ、信吾は越太に田原町三丁目のおなじ小料理屋に呼び出された。

小柄で色黒な小女が銚子と盃に突き出しを置いて去ったが、無愛想なことでは大柄で太った先日の女と変わりはなかった。

越太は信吾に盃を取らせて酒を注ぎ、黙ったまま自分の盃にも注いだ。

「お仕事が忙しかったようですね」

「もっと早くお会いしたかったのですが」

「ともかくよかったではないですか。悩みが解決できたということであれば、それが一番ですから」

「やはり相談に乗っていただきたくて。あの日、家に帰ってから、なんで話さなかったのだろうと後悔しましてね。お蔭《かげ》で今日までモヤモヤしていました」

どうやら信吾の早とちりであったらしい。

「てまえが、両親から驚きの打ち明け話をされた人の例を出したので、最悪のことをお考えになって、迷われたのかもしれませんね。それは失礼いたしました」

前回は越太が悩みを打ち明けなかったので「わたし」で通したが、仕事になるとわかると相談屋のあるじとして、自然に自分の呼び方を商人らしく「てまえ」に変えていた。

「いえ、そうではありません。あの話をお聞きしてよかったのです。それだけ信吾さんが、真剣に受け止めてくれているのがわかりましたから。ただあのときは内容があまりにも強烈でしたから、思わず知らず尻ごみしてしまったのかもしれません」

「そうでしたか。実はてまえも、越太さんは帰られたが、あれでよかったのだろうかと気になっておりまして」

そんな遣り取りがあって、すぐにも本題に入ると思っていたが、そうはならなかった。

「このまえ信吾さんは、自分の生まれのことで相談に見える人が、かなりいるとおっしゃいましたが」

やはりいざとなると切り出しにくくて、信吾の話を聞きながら、その流れに乗じて打ち明けようとしているのだとわかった。

「一つの例として、奉公に出ていた娘さんが事情があって子を宿したような場合があります。堕ろさなかった、それとも堕ろせなかったとき、生まれた子を姉夫婦か兄夫婦が引き取ることはよくあります。あるいは親戚の夫婦などがね。二人に子供がいなければ、他家から養子をもらうくらいなら、血が繋がっているほうがいいと。あるいはすでに何人か子がいるのだし、一人増えても育てる苦労に大したちがいはない、などといろいろな理由で引き取りますね。そんな場合、ある程度は成長するまで伏せておいて、そのときが来たら本人に話そうということが多いようです」

だが何事も思い通りにいくとはかぎらない。子供に恵まれなかったので、自分の子として育てようと思っていても、その後に実子が生まれることもなくはない。いくら分け隔てなくと思ってはいても、実の子に情が移るのが人の常だ。

子供は敏感だから、大人がいくら隠しても気付いてしまう。自分よりあとから生まれた子が大事にされれば、自分はもらわれっ子でないだろうかと、だれだって思わずにいられないからだ。

また親切心のつもりで、あるいは悪意から本人にそれを告げたりほのめかしたりする者もいる。一度変だと思うと、すべてをそれに結び付《いっ》けてしまいがちだ。

あとになって子が生まれなくて、実子のように愛しんでくれても、そのこと自体がなんとも気に喰わないと、事実を教える者もいるのである。人とは本当に厄介な生き物と言うしかない。

若い奉公女の場合は、相手によっても事情が変わってくる。おなじ奉公人であっても番頭、手代、雑用のためにこき使われている下男ということもあるからだ。

また旦那や若旦那ということもあるし、旦那の場合でも奥さん次第でどうなるかわからない。病弱であるとか、たいへんな悋気《りんき》の持ち主だとか、美人不美人、実家が裕福かそうでないかなど、ちょっとしたことにおおきく左右されてしまうのである。

どのような事情であれ、子が成長すればいつかは事実を知ることになる。本人はそれを正面から受け止めねばならない。受け止めきれずに相談に来る者もいた。

「だれだって実の親だと疑いもしなかったのに、二十歳前後になって突然、事実を知らされれば驚かないではいられません」

「たしかにそうですね。ましてやこのまえ伺ったように、生涯を共にするならこの人しかいないと思った娘が、父親が母親とは別の人とのあいだに儲けた子であったと知れば、途方に暮れるどころの騒ぎではありませんものね」

「しかも、それだけではすみませんでしたから」

「はい。息子の悩みを知った母親が、おまえは父さんの子ではないので、その娘さんは腹ちがいの妹ではない。だから所帯を持てると言ったのですから。実際にあったことでしょうから信じるしかありませんが、こんな話を戯作《げさく》や落語に仕立てたら、いくら作り話だとしてもひどいんじゃないかと笑われそうですね」

その話を即席で創りあげた信吾にすれば、越太の指摘には苦笑するしかない。

「ところで信吾さん」

越太の口調が改まったので、信吾は緊張せずにいられなかった。

「そのお話は親しくしていただいている和尚さんからお聞きしたとのことでしたが、もしかすると巌哲和尚でしょうか、宮戸屋の檀那寺《だんなでら》の」

いきなり巌哲和尚や宮戸屋の檀那寺と言われたので驚いたが、越太は将棋会所「駒形」の客である。信吾が九寸五分で突っ掛かって来た破落戸《ごろつき》を護身術であしらったことは、瓦版で取りあげられたので「駒形」でも話題になった。護身術を教えたのが巌哲だと書かれていたので、客の越太が巌哲の名を知っていてなんのふしぎはない。

まさか話したのが巌哲和尚であれば、会って信吾の言ったことについて訊こうというのではないだろうが、それに関しては明確にしておく必要があった。

「そうではありません」

「となりますと、どちらのお寺の、なんとおっしゃる和尚さんでしょうか」

「お知りになりたいでしょうが、お教えできないのです」

「お寺やお坊さんの名前なのにですか」

「たとえだれであろうとです。話の出所を明かしてはならないというのが、相談屋が最初に、そして絶対に守らなければならない鉄則でしてね。料理屋の女将《おかみ》や仲居さんが、客の喋《しゃべ》ったことを一切洩らしてはならないのとおなじですよ。両親がともに不義を働いた例のお話をするまえに、てまえはこう言いましたね。たいへんな思いをなさったお方の名前や住まい、商売は伏せさせてもらいますが、と。そう断わりました。憶《おぼ》えてらっしゃいますか」

「ええ。もちろん」

「本当は話してあげたいのですが、それをやっては相談屋を続けられないのです。ですから、たとえ自分の親であろうと、妻にさえ洩らすことはありません。どうか悪《あ》しからず」

「ということなら、了解しました」

たしかに両親や祖母の咲江《さきえ》、弟の正吾《しょうご》には話さないが、妻の波乃には教えていた。波乃も受けた相談については信吾に話している。なぜなら、互いに絶対に洩らさないと信じているからであった。

「だから安心して相談できるのですね」

「背中を手斧《ちょうな》で断ち割られて煮え滾《たぎ》る鉛を流しこまれようと、口を割るもんじゃござんせん」

思いもしなかった信吾の伝法な口調に、度肝を抜かれたのだろう、越太は目を剝《む》いた。

「ははは。芝居の台詞《せりふ》を、噺家《はなしか》がおもしろがって使う決まり文句です。小気味のいい啖《たん》呵《か》なので、ときどき使っていましてね。ですからそんなに驚かないでください」

「いや、驚かずにいられないですよ。信吾さんには驚かされてばかりだなあ」

二人は盃に手を伸ばして酒を口に含んだものの、すっかり冷えている。銚子から注いで飲んだが、当然こちらも冷めていた。

酒の良し悪しは冷めたときにわかる。その見世の酒は燗《かん》をし、それも温《ぬく》いうちでなければ飲めないようだ。

越太が熱燗を二本追加した。

「このまえ相談せずに帰ってひどく後悔したと申しましたが、実は混乱してしまいましてね」

「どういうことで、でしょうか」

「あのお話を、信吾さんはいつ和尚さんからお聞きになられたのでしょう」

信吾は天井を見やって思い出す振りをした。お聞きになったもなにも、半ば無意識のうちに創りあげてしまった話である。

しかし話し振りからすると、越太の混乱にも関係、いや、それ以上の関わり方をしているらしい。迂闊《うかつ》なことは言えないので、信吾は慎重にならざるを得なかった。

寺の住持があのような話をするとしたら、相手がある程度の経験を積んでいて、男女関係のこともわからねば話しても通じない。信吾はあれこれ考え、波乃と祝言を挙げた前後が妥当だと思った。

「詳しい日にちまでは憶えていませんが、波乃といっしょになってほどなくだったと思いますから、半年くらいまえとなりますね」

「やはり」

そう言ったまま越太は口を噤んでしまったが、となると信吾はどうにも落ち着かない。しばらく待ってみたが、とうとう我慢ができなくなってしまった。

「やはり、と申されましたが、一体どういうことでしょうか」

「わたしが信吾さんに相談しようと思ったことと、似通った部分がありましてね。それは内輪だけの秘密ですから、他人が知っているはずのないことなのです。それなのに和尚さんが信吾さんに話しています。なんでそんなことにと、わたしはすっかり混乱してしまいました。訳がわからなくなってしまったのです。それもあって、とても相談事を話せる状態ではありませんでしたので、取り敢《あ》えず据え置きということにしてもらいました」

「まったくの偶然でしたか？　それにしてもふしぎな話ですね」

越太は改めて信吾の語った内容を洗い直してみたそうだが、謎は深まるばかりだったのだ。

「ところが不意に、自分の間抜けさに気付きましてね。それで今日、信吾さんに来てもらったという訳です」

「てまえがお坊さんに聞いたのが半年ほどまえだったので、越太さんに関わる話とはまるで無関係だとわかったのですね」

「はい。わたしの場合はつい最近の出来事ですから」

「それを半年もまえに、お坊さんがてまえに話すはずがない」

「ということです。それなのに、なぜあれほどまでに似通っているのかと、訳がわからず混乱してしまったのですね。冷静になって、信吾さんがお坊さんに聞いたのがいつだったか、たしかめればなんの問題もなかったのに」

「ありますよ、そういうことって」

「それにしても、半年もズレているのによく似た話が、しかもべつの場所で起きていたなんて、ふしぎでなりません」

「そうしますと、是非とも越太さんのお話を伺わねばなりませんね」

「わたしも足枷《あしかせ》が外された感じですので、気楽に話せると思います」

六

「わたしは二十四歳になるのにまだ独身《ひとりみ》でしてね。これまでに十六回も見合いをしながら、どうにも気に入らなくて断り続けたのです。たった一人だけ、この人なら夫婦になってもいいなと思った人がいましたが、先方から断られてしまいました。ところがたまたま知りあった娘さんがいて、相手も気に入ってくれたのです」

そこで両親に話すと、気難しやの息子に好きな相手ができたかと大喜びしてもらえた。だが相手の名を告げると、母はあの娘ならとわが事のように喜んでくれたのに、父が断固反対しながら、その理由を言おうとしない。

越太は考えに考え抜いた末に、二人きりになったとき父がどう言おうと喰い付いて放さなかった。すると父はついに折れたのである。

「ね、信吾さんが和尚さんから聞いた話と瓜二《うりふた》つでしょう。信吾さんの話ではその人は十八歳でわたしは二十四歳と、かなりの開きがありますけれど」と言ってから、越太は真顔になった。「そもそもの発端から話します。ある日、父のもとに一人の少年が女の人に頼まれたと言って、折り畳んだ紙、つまり付け文を届けたそうです。若かった両親が苦しい中で歯を喰いしばって商いに励んだこともあって、商いが軌道に乗ったころのことでした。しかも母がわたしを身籠っておりましてね。手紙の最後に書かれていたのは父の知った人の名でした。もっとも万が一その人だとしても、顔と名前がなんとか結びつく程度の人だったそうです」

妻の腹がおおきくなって、夜の営みも控えていたころであったし、商売も順調で多少の余裕もあった。ともかく会うだけでも会ってみようと、指定された水茶屋に出向いたそうだ。

待っていたのはかつておなじ町内にいた七歳下の娘で、商売を継いだ越太の父が妻を娶《めと》ってほどなく、べつの町に越して行った一家の次女であった。町内にいたころとはちがって、見ちがえるほどきれいな娘に育っていた。

「お久し振りでございます。そしてお懐かしゅうございます。このような所にお誘いしましたので、さぞやふしだらな女とお思いでしょうね」

水茶屋が男女の逢引《あいびき》の場に使われるのを踏まえてのことだろう。娘は潤んだ眼《め》でじっと越太の父を見ていたが、不意に涙が盛りあがって頬を伝い落ちた。思いもしないことの連続で、父親は戸惑わずにはいられなかったそうだ。

「おなじ町内におりましたころから、ずっとお慕い申しあげておりました。ですがあなたは奥さまをおもらいになられて、あれほど哀《かな》しいことはありませんでした。でも、これも宿命《さだめ》だと諦めるしかなかったのです」

ところが此度《こたび》、親が決めた話で嫁がねばならなくなった。商売の取引先なので、どうしても断ることができないとのことである。親の営む見世は苦しい中をなんとか遣り繰りしていたが、三年ほどまえからなにかと援助してくれたとのことであった。

娘を跡取りの嫁にしようとの下心で、手を差し伸べてくれるのはわかっていたが、ともかく苦しくて援助を受けるしかなかったと、両親が辛そうに打ち明けた。両家で見合い名目の会食をしたが、相手は傲岸かつ不遜で、人を見下すさまは虫唾《むしず》が走るほどであった。

「両親《ふたおや》や商売、兄や姉、妹のことを考えると嫁ぐしかありませんが、あの人が最初の男となることだけはどうにも耐えられません。となればわたしがずっと憧れお慕いしていたあなたさまに、なんとしてもこの体を、いえ心も捧《ささ》げとう存じます。お願いですので、どうかわたしを抱いてください。そうしていただければ、目を瞑《つむ》ってあの男に嫁げると思います」

あまりにも哀れで、越太の父はほとんど同情の気持で褥をともにしたとのことだ。

越太が好きになったのは、その人の娘なのであった。

なぜ自分の娘だと父はわかったのかと越太は思ったが、その人は玉の輿《こし》に乗った美人妻と話題になったし、嫁ぎ先は老舗の大店《おおだな》なので父親も知っていた。越太の父が一度だけ抱いたその女人は、今では江戸有数の老舗の奥さまなのである。

「驚くほど信吾さんの話と似ているでしょう」

「似ているなどという、生易しいものではありませんね」

越太の場合、抱いてほしいと願ったのは父に憧れたかつての町内の娘で、和尚（実は信吾）の話では若者の母親であるが、その胸の裡はまるでおなじであった。

「それはそうと越太さん」

「えッ、改まってなんでしょう」

「越太さんが最初にてまえをこの見世に呼んでくださったとき、自分のことで、知ったほうがいいのか知らないほうがいいのか、とおっしゃった」

「ええ、申しました」

「今のお話も越太さんに関わることではありますが、本当に話したいのは越太さんの生まれについてではないのですか」

越太は目を瞠《みは》り、と思うとその顔が微笑で満たされた。

「席亭さんの指し手の鋭さには定評がありますが、鋭いのは将棋だけではありませんね。さすが、相談屋のあるじさんです」

名前でなく席亭さんと呼ばれたが、信吾は抗議はしなかった。将棋に関してなら、席亭と呼ばれても仕方がない。

越太はすぐに真顔に返った。

「この人ならと思った娘さんが腹ちがいの妹だと告げられたとき、目のまえが真っ暗に、頭の中は真っ白になって、茫然としてしまいました。ところがしばらくして、すっかり忘れていたというか、頭の片隅に追いやっていたことを思い出したのです」

四年まえ、つまり二十歳のときのことだ。越太は五十路《いそじ》前後と思われる商人風の男に、両国橋《りょうごくばし》西詰、神田川が大川に注ぐ右岸にある両国稲荷《いなり》で声を掛けられた。福井町にある見世の屋号と越太の名をたしかめた上で、男は不躾《ぶしつけ》に頭の天辺《てっぺん》から足先まで見遣ってから、こう言ったのである。

「立派な若旦那におなんなすった」

「一体どなたですか。いくらなんでも失礼でしょう。見ず知らずの方に、そんなふうに言われる覚えはありませんが」

「見ず知らずの方ときなすったか。越太さんにとっちゃそうでしょうが、こちらにはありましてね」

実直そうな風貌には不釣りあいな物言いだし、話す雰囲気もどことなくちぐはぐな印象であった。

「変な言い掛かりを付けて絡むようでしたら、橋番所の役人を呼びますよ」

両国橋の西詰、稲荷の目のまえには橋番所があって番人が詰めていた。

「役人に知られちゃ、困るのは越太さんじゃないですかね」

「なにがおっしゃりたいのです」

「そう息巻きなさんな。成人した息子の顔を見たかっただけだから、たしかめることができたのですぐ退散しますよ」

「なんですって」

「そうおおきな声を出しなさんな。何事かと思って、橋番が駆け付けてもいいんですか」

「息子の顔をとおっしゃいましたね」

「心配しなさんな。月々の手当てや小遣いをせびろう、てんじゃありませんから」

「からかうのは止《よ》してください」

「まあ、本当のことを知りたいとは思わんでしょうがな」

「どんな証拠があって、そんなでたらめをおっしゃるんですか」

「こんなことを、冗談で言えるもんじゃありません。二十年まえに、奥方を孕《はら》ませたために解雇《くび》になった手代がいないかどうか、訊いてみなさるとよろしい。と言って奉公人が知っている訳はありませんから、ご両親、まずは母親に訊いてみることですな。てまえの名を出しゃ、顔色を変えるはずですがね」

男は手代であった自分の名前を告げ、そう言い捨てると姿を消したのである。あれから四年、以来男は顔を見せていない。

どことなくいかがわしいというか、胡散臭《うさんくさ》いところのある男であった。ちょっとそれらしい噂を小耳に挟んだことがあって、からかいに来た程度に越太は考えていた。どんな反応を示すか、うまくいけば金蔓《かねづる》になるかもしれないと、反応を見に来たのかもしれないという気がしたのである。

越太は厭《いや》な思いを味わったこともあり、いつしか頭の片隅に追いやっていた。それが、夫婦になるならこの人だと思った娘が腹ちがいの妹だと父に告げられたあとで、突如として蘇《よみがえ》ったのである。蘇ったばかりか、たちまちにして頭の隅から隅まで占めてしまった。

兄妹であれば夫婦になれない。だが男の言ったことが事実であれば、二人に血の繋がりはない。とすれば実直そうでありながら、どことなくいかがわしいあの男が、越太の実の親となる。そんな馬鹿なことがあろうはずがない。あってはならないのだ。

だが、事実であるかどうかを、いかにすればたしかめられるだろう。それにもし事実だとして、どうすれば両親にそれを認めさせることができるのか。

そのとき、将棋会所のあるじ信吾が、若いにもかかわらず難問を解決していると評判なのを思い出した。しかし、どう持ち掛けるべきか。こんな荒唐無稽と言っていい話を、果たして信じてもらえるだろうか。

越太は、ああでもないこうでもないと思い悩んだが、どうにも解決の糸口が見付からなかった。男は両親、まず母親に訊いてみることだと言ったのである。

もしも父が、手代であった男が母と不義を働き、越太を儲けたために解雇したのであれば、娘と腹ちがいの兄妹だから夫婦になれないと言うはずがなかった。いや、そうとも言い切れない。ただならぬ仲になりはしても、母は男の胤《たね》を宿していなかったかもしれないからだ。

では、いかにすればそれを母にたしかめられるだろうか。母が認めるとは思えない。事実であったとしても、息子に対して絶対に認めようとしないだろう。それに男はああ言ったが、別の理由で解雇されたかもしれないのである。

いかにしてそれをたしかめられるだろうか。

まさに難問であった。なぜなら母にその事実をたしかめたとしても、父親にそれを告げぬかぎり、越太は娘と夫婦になれないのである。

しかし、ここまで来れば四の五の言ってはいられない。越太にとって一生の問題であるだけでなく、早急に手を打たなければ娘と結ばれることはおぼつかなくなる。

それが、越太が信吾を呼び出した理由であった。

ここに至って信吾には、ようやく全貌が明らかになった。

打ち明けられた信吾にとって、これまでにない難問であった。ただ、あれこれと手順を踏んでいては、解決に至るまえに破綻してしまうだろう。つまりちゃんとした状況を作りあげた上で、一度でケリを付けなければ解決しそうにない。

信吾は一つだけ解決法を思い付いたが、それはほとんど博奕《ばくち》に近いものであった。うまく運べばいいが、少しでも齟齬《そご》があれば一瞬にして瓦解し、目も当てられなくなる。

であれば正直にそのやり方を伝え、どうするかは越太に決めてもらうしかない。

「これから申すことを、心を鎮めてお聞きください。相談屋のあるじの申しあげていいことではありませんが、イチかバチかの博奕で、やるかやらぬかは越太さん次第です。どうなさいますか」

「と言われても、どういうことか事情がわからないのに」

「そうですね。それから、結果がどうなろうと相談料はいただきません。なぜなら、相談屋の仕事とは言えないからです」

越太が唾を呑《の》みこむのがわかった。ごくりと音がしたと思ったほどだ。

「こういう方法です」

そう前置きして信吾はていねいに説明した。


「ということなのですが」

越太は「えッ」と喘《あえ》ぎ声を発したまま、絶句してしまった。それっきり、長い沈思黙考に入ってしまったのである。

待つ身には、ときが堪《たま》らなくゆっくりと感じられた。

「わかりました。やってみましょう」

随分と経《た》ってから越太はそう言ったが、声は意外と思えるほど落ち着いていた。

「成功を祈ります。越太さんならきっとできます」

そうとしか信吾には言えなかった。懐に手を入れて紙入れを取ろうとすると越太が言った。

「せめて奢らせてください」

「そうですか。では、遠慮なくご馳走になります」

「帰り道はおなじ方向ですが、申し訳ないですけれど、信吾さんは先に出ていただけますか」

やはり相談屋のあるじといっしょのところを、他人に見られたくないのである。信吾はうなずいて見世の暖簾《のれん》を潜《くぐ》った。

七

「あッ、あーッ」

冷静沈着なはずの信吾が不意に素っ頓狂な声を出したので、大抵のことには動じない波乃もさすがに驚かずにいられなかったようだ。田原町の小料理屋からもどった信吾が、波乃に越太との遣り取りを話していて、突然固まってしまったのである。

「どうなさったの」

「すぐ、福井町に行って来る」

「越太さんの所ですね。一体どうなさったのですか、信吾さんらしくもない」

「とんでもない落とし穴に気付いた。手遅れにならなければいいけれど」

信吾は折り畳んで細紐《ほそひも》で縛った鎖双棍《くさりそうこん》を、懐に捩《ね》じこんだ。

ただならぬことが起きたとわかったからだろう、波乃は羽織を信吾に手渡すと、玄関に急いで雪駄《せった》を揃《そろ》えた。

あわただしく履物を突っ掛けると、信吾は「もどって話すから」と言って玄関から飛び出した。

「待ってください。提灯《ちょうちん》を用意しますから」

背中で聞いた波乃の声に「なくても大丈夫」と一声言っただけで、道を真《ま》っ直《す》ぐ西に向かう。鎖双棍のブン廻《まわ》しで鍛錬している信吾は、星月夜なら提灯はなくても平気だった。

すぐに日光街道に出て左折、南への道を小走りで進む。

落ち着いた声で「わかりました。やってみましょう」と、越太はきっぱりと言ったのである。とすると、すでに手遅れかもしれなかった。なんとか間にあえばいいのだが。

信吾が越太に授けた、博奕に近い解決法とはこういうものだ。

まず両親に大事な話がありますと言ってから、やはりわたしはあの娘と夫婦になりますと明言する。信吾には伏せていた相手の名前や屋号など、わかっていることは具体名を出してもらう。

父は頭ごなしに、「それはならぬと言ったはずだ」と反対するだろう。「わたしたちが腹ちがいの兄妹だからですね」と、両親をまえにして言う。この時点では、母は娘が夫とほかの女との子供だとは知りもしない。「そうだ。兄と妹が夫婦になることは人の道に悖《もと》るからな」と、父も認めるしかないだろう。そのとき越太は透《す》かさず二の矢を放つのである。

「夫婦になれます。なぜなら、わたしは父さんの子ではないからです」

今度は母が狼狽《ろうばい》し、当然だが両親はむきになって否定するはずだ。そのとき越太は伝家の宝刀を抜く。

二十歳のある日、見知らぬ男に声を掛けられた。男はかつて両親が使っていた奉公人で、成長した息子の姿を見たかっただけだと言った。

「奥方、つまり越太さんの母親とただならぬ仲となったため解雇された手代です」

そう言って、四年前に告げられた名前を出すのである。

「当然認めようとはしないでしょうが、最終的にご両親は、越太さんが娘さんと夫婦になることを認めるしかありません。なぜなら事実ですから」

越太は黙りこんでしまった。信吾の話したことを、冒頭から順を追って思い返しているはずであった。

「博奕だと言った意味がおわかりですね」

信吾の問いに越太は何度もうなずいた。

「そのとおりであれば両親は認めるしかないでしょうが、手代がべつの理由、見世の金を使いこんだとか、取引先に多大な迷惑を掛けて解雇になったのであればおじゃんですね」

信吾の思ったとおりであった。越太は冷静で頭も悪くはない。

「手代だった男の言ったことが、ちがっていなかったとしても」

「おじゃん」

「はい。おじゃんになると思います。夫も妻も自分の伴侶を裏切り、しかもそれを息子が知ってしまったのですから。夫婦親子であり続けるのは相当に難しいと思います。あとはその息子、つまり越太さん次第です」

長い沈黙のあとで越太は「わかりました。やってみましょう」と、きっぱりと言ったのである。親よりも結婚相手を選んだのだ。その決断に信吾は意外な気がしたが、感嘆せずにいられなかった。

それでも信吾は、越太はやらないだろうと思った。将棋客としてではなく、個人として会ったのは二度だが、思慮深い男である。

その越太に信吾は、「どれほど惚れ抜いたか知りませんが、あなたはその娘とご両親を天秤《てんびん》に掛けてどちらを取りますか」という、残酷な決断を迫ったに等しいのだ。だからその話を持ち掛けたとき、相談屋の仕事とは言えないから相談料はいただきませんと、狡《ずる》いと言われても仕方のない逃げ道を用意したのである。

福井町は三丁目まであるが、銀杏《いちょう》八幡のある一丁目が五区画と特に広く、二丁目と三丁目は一区画であった。越太の生家である足袋問屋「島田屋」は一丁目にあり、間口四間半（約八メートル）と、なかなかの構えの見世である。

すでに大戸は閉《た》てられていたので、信吾は潜り戸を開けて、出てきた小僧に越太を呼んでもらった。

別れて一刻《いっとき》（約二時間）ほどしか経っていないこともあって、さすがに越太は驚いたようである。

顔を見るなり両親に話していないとわかって、信吾はひとまず安心した。越太は別れたときとほとんどようすが変わらなかった。あの話をぶちまけていたなら、とてものこと冷静ではいられるはずがない。

「少しお時間をいただけますか」

「はい。いいですよ」

越太が座敷にあがるように誘ったので、信吾が「ちょっと」という顔をすると、意味がわかったようだ。

「すぐ用意しますので」

「そのままで差し支えないでしょう」

羽織をとの意味だろうから、着流しでかまわないと言ったのである。

「では、提灯だけでも」

すぐ南にある神田川を渡って浅草御門を抜けると両国広小路、それを右手の西側に向かうとすぐ柳原土手《やなぎはらどて》である。

「飲み屋なんかに入れば知りあいに見られるかもしれませんので、土手を歩きながら話しましょうか」

「この時刻、土手は物騒ですよ。辻斬《つじぎ》りや追剝《おいはぎ》が出ることがあるそうですから」

信吾は折り畳んで紐で縛った鎖双棍を、懐から取り出して見せた。

「これがあるから大丈夫です。刃物を持った敵手《あいて》を何度も撃退しましたから」

「そうでした。信吾さんは、瓦版で取りあげられたほどの武芸者でしたものね」

「護身術を齧《かじ》っただけですよ」と、そこでさりげなく訊いた。「ところで越太さんがいっしょになりたいと思っている娘さんは、一人娘ではないですよね。一人娘であれば、相手の親が嫁に出すはずがありませんから」

「はい。一人娘ではありません」

「兄弟姉妹のいずれかが、いらっしゃるということですね」

「はい。姉と弟が。家は弟が継ぐこと、……あッ、あーッ」

信吾が波乃をまえにしたときとほとんどおなじ叫びを発し、歩みを止めた越太は直立したまま動けなくなってしまった。

「おわかりでしょう。二歩《にふ》に気付かずに指していたのですよ」

二歩は将棋の禁じ手の一つであった。自分の歩兵《ふひょう》が配置されている筋に、持ち駒の歩兵を打つことである。上から下まで九枡しかないので気付きそうなものだが、勝負に熱中するとうっかり指してしまう。もっとも初歩的なまちがいなのに、有段者でもやってしまうことがあった。

それに等しいことを、信吾も越太もやっていたのだ。

「わたしは越太さんがご両親に詰め寄ってやしないかと、それを心配していたのですよ。まだお話しになっていないのがわかって、胸を撫でおろしたところでした」

「あは、あはは、あはははは……」

発作のように笑い、笑い続け、全身の気が抜けでもしたように、越太はその場にしゃがみこんでしまった。

いっしょになりたい娘が腹ちがいの妹だと父親に言われて動顚《どうてん》した越太は、思い余って信吾に相談した。ところが和尚に聞いたという話をされ、それが父の話したこととあまりにも似ているので、ますます混乱してしまったのである。

越太の父親も、息子に負けぬほどの短絡をしでかしていた。町名と屋号を言われ、越太にその商家の娘といっしょになりたいと告げられただけで、かつて水茶屋で会った女と自分とのあいだにできた子だと思いこんでしまったのである。

そのため自分の娘だとの前提で、越太に話してしまった。腹ちがいの妹なので夫婦になれないと言われた越太の頭からは、娘に姉がいることが失念というか、完全に抜けていたのだろう。

もしかして水茶屋で身籠ったとしても、それは長女のはずだから、次女が越太の嫁になるのはなんの問題もないということである。父親がもう少し冷静であれば、長男に若き日の過ちを告白せずにすんだのだから皮肉ではないか。

「それに、越太さんは昔ご両親が使っていた手代の子供ではなくて、まちがいなく父上のご長男ですよ。わたしにはその理由を挙げることができます」

そう言って信吾は、越太と父親の早とちりの勘ちがいを並べてみせた。

「このようなとんでもないまちがいをしでかす人が、ざらに居るとは思えません。親子ならではでないですか」

「ああ、母を、いや両親を問い詰めなくてよかった」

「わたしもそれに気付いたとき、越太さんがご両親に話していませんようにと、それだけを祈りながら島田屋に越太さんを訪ねましたから」

少し間を置いてから、越太は信吾に微笑みかけた。

「もっともその件なら取り越し苦労でしたね。信吾さんの話をお聞きして、わたしはやってみましょうと言いました。でも、そのあとそれについて考えながら、田原町の小料理屋を出たのです。広小路を東に抜け、吾妻橋《あづまばし》の手前で右に折れて、大川端を歩いて帰りました。川風に吹かれたのがよかったのかもしれませんが、やはり話すべきでないと思い直しまして」

「そうでしたか。いずれにしてもよかったです。となると父上の勘ちがいを指摘した上で、堂々と惚れた娘さんと夫婦になれますね」

「勘ちがいはわたしだって」

「それを言う必要はありません。お父さんともあろうお方が、なんでそんなわかり切った勘ちがいをしたのですかと、おおいに嘆いて見せなさい。その瞬間に親子の力関係が逆転するはずです」

「信吾さんは大した策士ですねえ」

「なにが策士なものですか。初歩的なことを見落とす策士なんていませんよ」

「それにしてもなにからなにまで、信吾さんのお蔭でうまく納まりました」

「いえ、大してお役に立てませんんで。それに今回に関しては、相談屋としてなんともお恥ずかしい。やってはならない失策、問題点を見極められなかったのですから。ともかくなんの問題もなくなって、越太さんがその娘さんといっしょになれるので、ほっとしましたよ」

「ところで一つ気になることがあるのですが」

「な、なんでしょう。脅かさないでください」

「いえ、問題がなくなったとなったら、突然気になったのですが、信吾さんが和尚さんにお聞きになった話ですがね」

ということは、信吾が越太に考え直してもらおうと、むりやり作ってしまった話のことである。

「どう決着しましたか。あの若者は苦しみましたが、地獄を抜けて極楽に辿り着けたとおっしゃいましたね。偶然も手伝ったとのことでしたが」

そういえばあの話は完結していなかったが、なんとかしなければならない。

「そのことでしたら、常陸国《ひたちのくに》は大洗《おおあらい》、とんだ大笑い」

信吾は笑い飛ばし、そうしながら懸命に辻褄《つじつま》あわせに頭を巡らせた。

「えッ、大洗とはなんでしょう」

「知っている人の口癖でしてね」

岡っ引の権六《ごんろく》親分のことだが、町方だと知れば越太は気にせずにいられないだろうから、それは伏せておいた。

「常陸国は大洗、とんだ大笑い。ただの駄洒落《だじゃれ》ですが、一度聞いたら忘れないでしょう」

「ええ、たしかに」

越太が戸惑い顔になったときには、なんとか考えを纏《まと》めていた。

「そんなにまじめな顔をなさらぬよう。あまりにも他愛無いので、笑い話にしなければ話せないのです。若者が家に帰ると、父親が性質《たち》の悪い流行風邪《はやりかぜ》に掛かって臥しておりましてね。四、五日高熱に苦しめられたかと思うと、あっけなく亡くなったのです」

泣きの涙で野辺の送りをすませると、若者と母親は人を立てて仲人を頼み、喪の明けた一年後に娘を嫁として迎えることができた。

「それで終わりですか」

「直前までけっこうややこしい話が続くのに、あっけない尻切れ蜻蛉《とんぼ》となってしまいました。それこそ、出来の悪い戯作か落語だと笑われそうですね」

「いえ。父親を亡くされたのはお気の毒ですが、この人はと決めた娘さんと結ばれたのですから、救われたと言っていいのではないでしょうか」

「とすれば越太さんの場合は、救われたと言っていいなんてものではありませんね。なにからなにまでうまくいったのですから」

「父に、しなくていい告白をさせてしまいました」

「でも原因は越太さんでなく、父上にありますから」

「となると、なんとしても相談料をお支払いしなければ」

「ですから、早とちりはわたしも同罪ですから」

「だって、絶対にいっしょになれないと諦めるしかなかった人と夫婦になれるのですよ」

「でしたら、相談料代わりにお願いしたいことが」

「おっしゃってください。なんなりと」

「勢いで豪語してしまって、よろしいのですか」

そこで信吾は越太の気を持たせるため、たっぷりと間を取った。その顔から笑みが退《ひ》いていき、やがて強張《こわば》り始めるのを見てから言う。

「二つあるのですがね」

「どうぞ、おっしゃってください」

「今回の越太さんを巡る騒動を、波乃に話していいですか。相談屋は相談客の秘密は一切洩らさないと言いましたが、波乃も相談屋をやっていますので、仕事の役に立つと思いまして」

本当は話しているのだが、越太には絶対に他言しないと強調してきたからである。

越太はほっとしたようだが、すぐに緊張するのがわかった。

「ところで二つ目は」

「後廻しにしたくらいだから、相当に厄介だと覚悟してください」

ふたたびたっぷりと間を取りたかったが、それをやっては野暮になってしまう。

「婚約が調って一段落したら、お二人で母屋に遊びに来てください。波乃が喜びますし、四人で楽しいひとときがもてそうですから」

「喜んで寄せてもらいます」

「それに二人連れでしたら、将棋会所のお客さんも、深刻な相談事だとは思わないでしょう」

「いいですとも」

一銭にもならず、途中でなにかと気を揉みはしたが、信吾にとってこれほど満足のいった楽しい相談はなかったのである。

一陣の風

一

相談事、そして指導や対局のないときの信吾は、空いた席に坐《すわ》って、担ぎの貸本屋啓《けい》文《ぶん》さんの薦めてくれた本を読んでいることが多い。しかし半刻《はんとき》（約一時間）に一度くらいは席を立って、客たちの背後をゆっくりと歩くことにしていた。

八畳と六畳の座敷に入りきれなくて、最近では六畳の板間で指す客も増えている。奥の六畳間を使うことすらあった。

一見しただけでどちらが優勢かわかる対局がほとんどだが、ときに鎬《しのぎ》を削る局面に出《で》喰《く》わし、つい見入ってしまうこともある。勝敗が決して検討に入っているときには意見を求められることもあるし、手習所が休みの日には子供たちにあれこれ訊《き》かれたりもした。

「席亭さん、信吾さん、師匠、信吾先生」

背後を通る信吾に、やって来たばかりのハツが声を掛けた。

「まるで何人もいるみたいだね。わたしは一人なんだから、どれか一つに決めてくれないかな」

「うーん」と、呻《うめ》いてからハッは言った。「そのときそのときで気分がちがうから、なんとお呼びしたらいいのか迷うことがあるんですよね」

「まあ、毎回ちがった名でも、全部呼んでもらってもかまわない。席亭さん、信吾さん、師匠、信吾先生の四つなら、寿限無《じゅげむ》ほど長くもないし」

「信吾先生」

「はい」

「信吾先生に決めました。信吾先生が呼び名を並べて言われましたけど、信吾先生と言った信吾先生の言い方、じゃなかった」と、ハッはぺろりと舌を出した。「信吾先生とおっしゃったときの信吾先生のおっしゃりようが、一番ハッの心に響きましたから、ハッはこれから信吾先生と呼ばせてもらいます。いいでしょう、信吾先生」

「いいですよ」

返辞をしたのは信吾ではなかった。笑いながら聞いていた常連客の何人かが、同時に言ったのである。

「しかし、ハッさん。それじゃ、まるで信吾先生の大安売りじゃないですか」

「ハッさんだからええが」と言ったのは、今戸焼《いまどやき》の窯元の婿養子夕七《ゆうしち》であった。「あっしなんぞが言った日にゃ、まちがいのう出入止めになっちまうね」

「いや、まったく」「まさか、そこまでは」「一度やってごらんなさいよ」と、例によって騒がしいったらない。

「わたしたちも、信吾先生と呼ばせてもらおうではないですか。ねえ、みなさん」

昨年末の将棋大会で優勝した桝屋良作《ますやりようさく》がそう言うと、あちこちで拍手が起きた。

「先にお生まれの方々に、先生と呼んでいただく訳にはまいりませんよ」

「ほかのガキならともかくハツさんが言ったのだし、桝屋さんがそうしようとおっしゃったんだ。だからダメだとは言えませんぜ、信吾先生」

髪結の亭主の源八《げんぱち》がおもしろがってそう言うと、あちこちで「そうだそうだ」の声があがった。

「ところでなんだね、ハツさん。名前を呼びたかったからじゃなくて、用があるんだろ」

「あたし、常吉《つねきち》さんと久し振りにお手合わせ願いたいのだけど、お仕事中だからダメですよね」

「ダメだねと言いたいが、みなさんのいらっしゃるところでハツさんに頼まれちゃ、信吾先生もダメとは言い辛《づら》いなあ」と、信吾は少し考えてから言った。「よろしい、いいでしょう。常吉」

「へーい」

言いながら、盆にたくさんの湯呑茶碗《ゆのみぢゃわん》を乗せた常吉が姿を見せた。八ツ（二時）の茶の時間になったので、配ろうとしていたのだ。

「みなさんにお茶を配ったら、ハツさんの相手をなさい」

「えッ、いいんですか」

そう訊きはしたが、常吉の頬はすでに赤く染まっていた。

年少組の留吉《とめきち》、正太《しょうた》、彦一《ひこいち》らはハツに水を開けられて勝負にならない。その点、客たちの勝負を毎日見ている常吉は着実に力を付けていた。ハツが自分を指名したとなると、常吉としては燃えない訳がない。

「そのあいだはわたしが常吉になろう。お客さまの灰落としの灰を捨てたり、あれこれと用をするから、仕事のことは忘れて全力を尽くしなさい。ハツさんは常吉が力を付けてきたのを感じているようだから、みっともない負け方はできないぞ」

手習所が休みの日なら、子供たちが大騒ぎになるところだ。

子供の小遣いは一日一文が相場であった。それを貯《た》めておいて足らない分を親に出してもらい、「駒形《こまがた》」に駆け付ける。

本所表町《ほんじょおもてちょう》に住んでいるハツは、午前中で手習所を切りあげ、昼飯をすませると、祖父の手を引いて「駒形」にやって来た。席料は出してもらえるので、祖父の具合が悪くなければ毎日やって来る。

子供たちがいれば大騒ぎになるのがわかっているので、ハツは手習所が休みでない日を選び、信吾に持ち掛けたのだ。となれば、認めない訳にいかないではないか。それに信吾は久しぶりに、力を付けた常吉がハツにどう挑むかを見たかった。

それは信吾だけではなかったようである。

茶を配り終えた常吉がハツのまえに正座し、先番なので玉将を自陣中央の九列目に置くと、ハツがおなじように王将を自陣の中央に据えた。並べ終えると双方がお辞儀をし、常吉が飛車まえの歩を進めて勝負が開始された。

若い二人の対局なのに、盤側にはいつの間にか、「駒形」では上級に属する指し手たちが集まっていた。何組かは見向きもしないで勝負していたが、それは楽しめれば十分だと思っている連中、つまり暇潰しにやって来る常連であった。

ハツと常吉は相当に緊張しているはずだが、やはりほかの子供とはちがっていて、たちまちにして勝負に没頭した。

息詰まる攻防となったのには、大人たちも驚かされたようだ。信吾が舌を巻いたのは、常吉の上達ぶりである。

前年の五月か六月に、少女が杖《つえ》を突いた祖父に付き添って「駒形」にやって来た。それがハツであった。実は付き添いは祖父の平兵衛《へいべえ》で、教えた孫娘が自分より強くなったため、新しくできた将棋会所の噂《うわさ》を聞いて連れて来たのである。

ハツは上中下のうちの中級の上の大人を負かし、上級の下の大人ともきわどい勝負をした。自分より年下の女の子に負けた大人が顔を歪《ゆが》めて悔しがり、ハツが頰を染めてうれしくてならないという顔をしている。

常吉は「駒形」で奉公を始めて半年も経《た》って、将棋とはそれほど楽しくおもしろいものなのかと驚いたらしい。それまでは年寄りが黙々と、あるいは訳のわからぬことをボソボソとつぶやきながら指していた。いかにもつまらなそうなので、なにが楽しいのかと思っていたのだ。

自分より年下の女の子が夢中になるほどおもしろいならと、客たちが帰ると信吾に教えてもらいたいと頼んだのであった。

ところが、将棋を憶《おぼ》えるにつれて常吉は別人のようになったのである。それまでは食べることにしか関心がなく、仕事中でも柱にもたれて居眠りをしていた。仕事を三つ命じると、一つを忘れ、ひどいときには二つ命じても一つしかできなかったのに、言われたことをこなすようになった。それだけではない。客に対してちゃんと挨拶をするなど、信吾の祖母の咲江が驚くほどしっかりとしてきた。

客たちが帰ると信吾と常吉は、将棋の駒と盤を拭き浄《きよ》める。それから食事までのわずかな時間、信吾は駒の並べ方や進め方から始めて定跡を少しずつ教えた。

常吉の主な仕事は、客が来ると席料の二十文を受け取ることであるが、常連客のほとんどは月極《つきぎ》めで先払いしていた。二十日分前払いすれば出入り自由とお得なので、そうしない者はいない。

常吉のそのほかの仕事は、客を席に案内して茶を出す。煙草盆《タバコぼん》に灰が溜《た》まれば捨てる。煙草を切らした客に頼まれて買いに行く。昼は店屋物を取る客のために、蕎麦屋《そばや》や飯屋に走るなどの雑用だが、それ以外はけっこう暇であった。そういうときには、人の対局をよく見るようにと信吾は言ってある。

また二年目に入って間もなく、詰将棋の問題集を自由に借りていいことにした。常連の中にもいらなくなったのを提供してくれた人がいたので、何冊か常備してある。常吉はそれらも熱心に見ているようであった。

地味な努力を続けていたからだろうか、常吉はハツを相手にかなりの粘りを見せたのである。子供たちの勝負は長くても半刻でケリが付くことがほとんどだが、二人の勝負が終わったのは七ツ（四時）の少しまえであった。一刻（約二時間）近い熱戦となったのである。

「負けました」

そう言って頭をさげた常吉は、負けたものの満足そうな顔をしていた。一方のハツの顔は、勝ちはしたが驚くほど硬かった。

「ありがとうございました」

勝ったハツがそう言った。そしてぽつりと洩《も》らした。

「常吉さんが羨ましい」

「えッ、なにがですか」

「毎日、信吾先生に教えてもらっているのでしょう」

「いや」

「いえ」

信吾と常吉がほぼ同時に言って、思わずというふうに顔を見あわせた。ハツがそう思うほど、常吉は腕をあげていたということだ。となると本人より、信吾がそうではないのだと言ったほうがいいだろう。

二

「駒の並べ方と動かし方、初歩的な定跡を教えたあとは、ほとんどほったらかしだよ。ただ、仕事で暇ができたら強い人が指すのを見るようにと言っておいた。それがなによりの勉強になるから」

「そうか。常吉さんは毎日、桝屋さんや甚兵衛《じんべえ》さんの指すのを見ているものね」

「あとは、暇があれば詰将棋の問題集を解いている」

「ハツも負けていられないわ。精進しなければ」

十一歳の少女が精進などと言ったので信吾は思わず微笑《ほほえ》んだが、ほかに笑った人はいなかった。いないばかりか、いかにも感心したようにうなずく者が多かったのである。

「若いときには驚くほど伸びることがあると申しますな」と、甚兵衛が言った。「一晩寝ただけでも強くなると言いますが、常吉はそのいい例ですよ。ほかの子供たちも見習ってくれるといいのですが」

「あっしも、うかうかしてられません。もうひと踏ん張りしないと、あっと言う間にハツさんや常吉に追い越されますから」

源八がそう言うと、なにかあると源八を皮肉る平吉《へいきち》が追い打ちを掛けた。

「源八さんは、とっくに追い越されているのではないですか」

平吉のからかいが次第に諄《くど》くなるので、近ごろはだれも笑わない。

「信吾先生。ありがとうございました。これからも、月に一度くらいは常吉さんと対局させてくださいね」

「ハツさんに頼まれたら、厭《いや》とは言えませんよ」

「あたしね、紋《もん》ちゃんに教えてあげようと思うのだけど。いいですか、信吾先生」

「それはいいことだ。自分がわかっていないと、ちゃんと教えられないからね。一段高い所から全体を見ることができるようになるから、自分の将棋を見直せるだろう。だけどお紋なら、兄貴の留吉が教えてやっているはずだよ」

「留吉さんは筋が悪いから」と言ってから、ハツはあわてて言い足した。「今のは内緒話だから、忘れてくださいね。だけどあの人の変に強引な癖が付いてしまったら、紋ちゃん強くなれなくなるかもしれないでしょう」

内緒話だと言いながら、ハツは言いたいことを言い切った。信吾にはハツがなにを言いたいのかわかっている。

「それだけじゃないって気がするな」

「えへへ。あたしね、紋ちゃんが留吉さんを負かすところを見たいんだ、それもこてんぱんに。そのときの留吉さんの顔を、見たくてたまらないの」

随分しっかりして言葉遣いなども大人びて来たと思っていたが、こういうところは十一歳の女の子である。信吾は微笑まずにいられなかった。

餓鬼大将の留吉は喧嘩《けんか》も強いが将棋も強い。いや、強かった。だがすでにハツだけでなく常吉にも差を付けられている。妹の紋が留吉を負かす日も、案外早く来るかもしれない。

留吉たちが信吾を説得して子供の席料が大人の半額になると、次の手習所が休みの日、留吉は嫌がる妹の紋を連れて来た。周りの女の子を誘っても、片っ端から断られたからである。

紋は泣きべそを搔《か》いていたが、ハツが楽隠居の三五郎《さんごろう》を負かしたのを見て気が変わったようだ。大の男が十一歳の女の子に遣《や》りこめられて口惜《くや》しがるのを見て、いつの日か威張っている兄の留吉を負かしてやると決心したにちがいなかった。

つまりハツにとって紋は、教え甲斐《がい》のある新入りということだ。

「あの子も力を付けているからね。だけど、ハツさん」

「はい。信吾先生」

「精進はしなければならないけど、あまりムキになっちゃだめだよ」

「……どういうことですか」

「いつも余裕を忘れてはならない。ふしぎなものでね。勝負事は一気に強くなるかと思うと、足踏みしたり、ときには後退《あとじさ》りすることもある。努力は怠ってはならないけれど、石段を一段一段登るように強くなる人なんてほとんどいないんだよ」

「どういうことですか」

ハツはおなじ言葉を繰り返した。

「調子が悪いことが続いても、一所懸命に努力していれば、かならず報われるからね。足踏みしていても、次には石段を何段も上にあがる人もいるから、勝負事は楽しいしおもしろい」

「信吾先生」

「よしてくださいよ、源八さん」

「いや、おおまじめでね。二十年、せめて十五年まえに信吾先生のお言葉を聞かせてもらっていたら」

「先生とかお言葉はよしてください。それに二十年まえだとわたしは一歳、十五年まえでも六歳ですよ」

「だから、聞かせてもらっていたらと言ったでしょ。今の話をそのころ聞いていたら、桝屋さんや甚兵衛さんといい勝負はむりとしても、どっかのご隠居に皮肉られることはなかったと思いやしてね」

どっかのご隠居とは小間物屋の平吉である。

源八はもう十年も、女髪結のスミに面倒を見てもらって遊んで暮らしている。といってほかの女に手を出したら、スミの焼餅が手を付けられなくなってしまうだろう。酒はあまり飲まず、博奕《ばくち》をする訳でもないので、スミに仕事のある日は「駒形」に来る。

平吉は担ぎの小間物屋から、苦労を重ねてちいさいながら小間物の見世を持つに至った。今は息子に任せて隠居の身である。

それもあって、二十九歳にもなって女に喰わせてもらっている源八が、癪《しゃく》に障ってならないらしい。なにかあると皮肉るか嫌味を言うのだが、将棋で平吉に勝てない源八は口惜しくても我慢するしかないのだろう。

「おや、こんな時刻になりましたか」

そう言ったのは、見世を弟夫婦に譲り、隠居手当をもらって日々をすごしている素七《そしち》であった。

ちょうど金龍山浅草寺《きんりゅうざんせんそうじ》の弁天山で、時の鐘が七ツを告げたのである。嫌味を言った源八に対し、平吉が皮肉を返そうとした矢先であった。

「そろそろ引き揚げましょうか、みなさん。ハツさんと常吉の若さに溢《あふ》れた好勝負を見せてもらったので、明日も頑張ろうって気になれましたから」

平吉と源八の見苦しい遣り取りを、ハツをはじめほかの客に聞かせたくなかった素七の配慮だろう。それを潮に、客たちは挨拶を交わすと帰って行った。

「常吉、ちょっと」

駒と将棋盤の拭き浄めがすむと、信吾はハツと常吉が対局していた席を示した。言われた意味がわかったらしく、常吉は顔を輝かせた。

ハツがいた席に信吾が坐ると、そのまえに常吉が座を占めた。

黙って駒を並べ、並べ終えるとお辞儀をして、淡々と駒を進める。先刻の対局をなぞり始めた。

「常吉は二度、勝ちを逃がした」

「二度、ですか。……二度も」

一手一手たしかめながら勝負を再現する。

常吉が四十一手目を指そうとしたとき、信吾が言った。

「まず、それだ」

信吾がうながすと、常吉は先ほどのとおりに駒を動かした。信吾は四十一手目の駒を元にもどすと、銀将を斜めまえに進めた。

「あッ」と、常吉はちいさな声をあげた。「気が付きませんでした」

「こう指したら、ハッさんは相当苦しんだはずだ」と言ってから、信吾はハッが指すだろう手を幾通りか示した。「こう来るか、それともこうか。捨て駒にするかもしれんな、ハッさんなら」

信吾は駒を途中までもどし、それ以後の再現を始めた。

黙々と指し手を進め、七十九手目で常吉の手を止めさせた。信吾は常吉の駒台から香車《きようしや》を取りあげると、常吉側の最下段に置いた。

「歩で受けると二歩になるし、飛車は右にも左にも動けない。香車も桂馬もないので、ハッさんは金か銀で受けるか、飛車を捨てるしかない。飛車、金、銀のどれが入っても、常吉は一気に攻めに出られる。将棋は攻めるときには攻め、守るときには守らなければならないのだ。守るべきときに攻めても、相手が受け損ねないかぎり、攻め切れずに手ひどい目に遭わされる。攻めるべきときに勘ちがいして守ったりすると、相手は嵩《かさ》にかかって攻めて来る。大抵は押し切られるし、なんとか守り抜いたとしても、以後の攻める切っ掛けを失って、まず立ち直れない。攻めるときには攻め、守るときには守る」

「攻めるときには攻め、守るときには守る」

「そうだ。口で言うのは簡単だけれど、勝負している最中にはなかなかわかるものではない。でも、常にそれを頭に置いて指していると、失敗したときにわかるようになるので、次第に失敗しなくなる。それを頭に叩《たた》きこんでおけば、なにも考えずに指す人よりずっと早く強くなれる。ときが経つにつれて差が開いてゆくのだ」

「攻めるときには攻め、守るときには守る」

そのとき大黒柱の鈴が鳴った。一度鳴り、少し間を置いてもう一度鳴った。

「夕ご飯の用意ができたようだ」

素早く片付けると二人は母屋に移った。

三

「あら、変。なんか変だわ」

将棋会所と母屋の間を仕切る柴折戸《しおりど》を押す音が聞こえたからだろう、信吾と常吉が板間の箱膳のまえに坐ったときには、すでに波乃がご飯と味噌汁《みそしる》、そして焼き鰯《いわし》の皿と漬物の小皿を置いたところであった。

両手をあわせて「いただきます」と言ってから、かれらは箸を取った。

商家ではご飯を炊くのは朝か夜のどちらかで、それ以外は冷や飯かお茶漬けであった。波乃の教育と世話の係であったモトがいるあいだは、料理を教えてもらっていた都合もあり、ご飯は夜に炊いていた。しかしモトが阿部川町《あべかわちょう》の楽器商「春秋堂《しゅんじゅうどう》」にもどってからは、ご飯を炊いてお惣菜《そうざい》を付けるのは朝だけにしている。

しかし伸び盛りの常吉が可哀相《かわいそう》だというので、昼と夜もなにかお菜《かず》を付けるようにはしていた。といって大した品が出る訳ではない。この日の焼き鰯の二尾などはいいほうで、朝の煮物の残りとか、ないよりはましという程度のお菜が多かった。

ところが食べ始めるなり、波乃が「あら、変。なんか変だわ」と言ったのである。

「なにがだい」

「常吉ですよ」

「常吉が変なのは毎度だよ。今にかぎったことではないだろう」

信吾がそう言うといつもなら頬を膨らませるのに、常吉は平然と鰯の頭に齧《かじ》り付いた。

「なんだかひと廻《まわ》りおおきくというか、大人になったような気がするの。今だって、信吾さんがからかってもむくれなかったでしょう。お昼ご飯を食べたときとは、まるでちがう人のようだわ。たった二刻か三刻で、人ってこんなに変わるものかしら」

波乃の勘の鋭さにはこれまでにも驚かされてきたが、常吉がハツとの手合わせで自信を付けたことを、一瞬にして見抜いたらしい。

言われて信吾は常吉をまじまじと見たが、どこといって変化は感じられなかった。モトは主人と奉公人は、本来ならおなじ場所で食べるべきではないと主張したのである。しかし四人しかいないのだからいいじゃないかと、信吾がいっしょに食べるように命じたのであった。であればせめてもと、自分と常吉の膳は土間側に置いていた。

モトが春秋堂にもどってからは、波乃はそれぞれをよく見えるように配置した。三角形の頂点に当たる位置に箱膳を置いて、等間隔に向きあわせたのだ。これだとお互いに、二人の顔を均等に見ることができた。

将棋会所でも顔を突きあわせている信吾にすれば、いくら見直しても常吉はいつもと少しも変わらない。しかし、信吾はおおきくうなずいた。

「なるほど波乃の言うとおり、まるで別人だな。とてもおなじ人とは思えない」

「でしょう」

「途中で、だれかと入れ替わったのかもしれない」

「まさか」

「とすると、あれかな」

「あら、なにかあったのですか」

「ハッさんが常吉と手合わせ、つまり勝負をしたいと言ったので、やらせてみたんだが」

「すると勝ったんですか。すごい。だってハッさんは、女チビ名人と呼ばれているのでしょう」

「勝てやしない。だけど、あわやと言うところまで追い詰めてね」

「すごいじゃない、常吉」

「まだまだダメです。勝負所で二度も見逃しましたから」

「あたし、そのうちに、常吉はハッさんを負かすようになると思う。だって、いい勝負をしたのに、まだまだダメですって、反省していますからね。そういう人はまちがいなく伸びます」

「それを言うなら、ハッさんもなかなかだと思うよ。自分が負かした常吉に、勝負が終わったあとで、ありがとうございましたって、深々と頭をさげたんだから」

「きっと、いろいろと感じるところがあったんでしょう。だったら二人とも、これからまだまだ伸びますよ。楽しみが増えましたね、信吾さん」

「ハッさんは伸びるだろうな。本腰を入れてお紋を教えると言っていたから」

「お紋ちゃんは留吉さんの妹でしょ」

一度教えただけなのに波乃は憶えていた。

「ああ、そうだよ」

「だったら常吉は、直太《なおた》さんを教えたらいいじゃないですか」

直太は、若年組では留吉の次に強い正太の弟である。正太の渾名《あだな》は「正直正太」だが、これは周りが付けたのではなかった。本人がそう名乗っているだけなのだ。あとでわかったが、自分の名前と弟の直太を、ちゃっかりくっ付けたものであった。

「信吾先生」

「なんだ、改まって」

「てまえが直太に教えてもかまいませんか」

「仕事に差し障りがないようにすればな」

「わかりました」

「楽しみだわ。直太さんは正太さんよりいい勘をしているから。きっと伸びると信吾さん言っていましたものね」

直太は子供の席料が半額になったときに、正太が連れて来たのである。信吾は初日、新しく来た子供からは席料を取らず見学させた。すると帰るとき全員が次から通いたいと言ったが、一番意気込んでいたのが直太である。「おいら、将棋指しになりたいんだ」と、きっぱりと言ったのだ。

言い切っただけのことはあって、直太は新入りの中で一番早く頭角を現していた。

ハツも常吉もどうせ教えるなら、素質もやる気もある者をと思って、紋と直太に目を付けたということだ。

「お紋が留吉に勝って、直太が正太を負かして、お紋と直太の一騎打ちになるかもしれんぞ。となるとほかの連中も負けていられないから、目の色を変えて頑張るだろう」

「きっと盛りあがりますね」

ほとんどの客は、朝の五ツ（八時）まえから半刻ほどのあいだにやってくる。初めての客やときどき来る客からは席料をもらい、茶を出すのが常吉の仕事であった。そして四ツ（十時）に湯吞茶碗を新しいのと取り替える。

昼が近付くと店屋物を取る客が、常吉に食べたい品を伝えた。九ツ（十二時）の四半刻《しはん》《とき》（約三十分）ほどまえに、蕎麦屋や飯屋にそれを註文《ちゆうもん》し、弁当持参の客には茶を出す。それから母屋に行って自分の食事をし、八ツにはふたたび客に茶を出すのであった。

雨降りや雪の日には傘や合羽《カッパ》を受け取って、土間の壁の釘《くぎ》に掛け、足駄の汚れを拭き取らねばならない。また風が強くて埃《ほこり》っぽい日には、洗足盥《すすぎだらい》と足拭きを用意する必要があった。

要領よくやれば時間はけっこう作れるし、用があってもそのあいだ待ってもらえばよい。常吉が直太に教えるのには、さほどの不都合はないのである。

「一応、正太に断っておいたほうがいいだろうな。なにしろ兄貴だから」

「はい、わかりました」

笑いを浮かべながら聞いていた波乃が言った。

「お紋ちゃんも直太さんも頑張ると思いますよ。二人がお兄さんたちを負かすのは、そう先のことじゃないかもしれませんね」

などとその夜の食事は、将棋絡みの話題で盛りあがった。

常吉が番犬「波の上」の餌を入れた皿を持って将棋会所にもどると、信吾は波乃に酒の用意をしてもらった。木刀の素振りと、棒術や鎖双棍《くさりそうこん》の鍛錬は休むことにしたのである。

稽古は一日休むと取りもどすのに三日掛かるゆえ怠ることなかれ、と信吾は巌哲和尚に言われていた。しかし今日はハツと常吉を巡って飛び切り愉快なことがあったのだから、信吾は波乃とじっくりと話したかったのだ。

「旦那さまから信吾先生に、呼び方が変わったのですね」

常吉の呼び掛けを憶えていたらしく、波乃がそう言った。ハツや常連客たちとの遣り取りと、そうなった過程を話すと波乃はおもしろがった。

「しかしお客さんはともかく、常吉まで信吾先生と言うことはないよな。将棋会所でならともかく、母屋なのだから奉公人らしく旦那さまと呼ぶべきだろう」

「それだけ常吉の頭の中は、将棋のことでいっぱいなのですよ」

波乃はそう言ったが、それとこれとは話がちがう。明日も信吾先生と言うようだと、注意しなければなと信吾は思った。

「ハツさんがお紋ちゃんを、常吉が直太さんを教えるのでしょう。すると新しく入った子供たちも、二人に教えてもらいたいと言うかもしれませんね」

四月のある日、信吾は十人ばかりの子供客に、子供の席料が大人と同額なのは不公平だとの強談判《こわだんぱん》を受けた。湯銭だって大人の十文に対し、子供は六文と割引になっている。とすれば席料だって、子供料金があってていいのではないかと言うのだ。

信吾もそう思っていたが、使う湯の量が大幅にちがう銭湯に対し、将棋は盤を挟んで対戦するだけである。個人がおなじ条件で闘うという点で、大人も子供も、男も女もまるで区別はない。全員が対等だから、湯銭とおなじ扱いにするにはむりがある。

席料はともかくとして、信吾は子供たちに将棋のおもしろさや楽しさを、もっともっと知ってもらいたかった。なんとしても子供客を増やしたかったのである。

そのため信吾は大人の客も巻きこみながら、子供たちに押し切られた形で、子供料金を半額にした。すると一気に子供客が十二人も増えたし、その後も少しずつ増え続けている。

たしかにハツが紋を、常吉が直太を教えれば、自分も教えてと言い出す子供客が出てくることは、十分に考えられた。

「教えることは自分の将棋を見直すことになるので、とてもためになるとハツさんに言って、常吉もそれを聞いていたからね。嫌がらずに教えるとは思うけれど、次々と頼まれたら自分が指す時間が減ることになるし、常吉の場合は仕事をしながらだからな」

「その辺は二人とも、わかっているでしょうけどね」

「度がすぎるようだったら、それとなくわたしから注意するよ。だけど今から案じても仕方ないだろう。それにハツさんや常吉が教え始めたら、子供たちの古顔、というのは変だけど、留吉、正太、彦一なんかも新入りを教えるようになるかもしれないからね」

信吾は楽天的すぎるかもしれないが、こればかりは今から心配しても意味がない。実際にそうなればなったで、解決法も見付けられるだろう。いや、簡単に収拾できないようでは将棋会所の席亭は務まらない。なぜなら信吾は、相談屋のあるじも兼ねているのだから。

「ハツさんはときどき、母屋にも顔を見せているようだね」

「ええ。柴折戸を押して」

「柴折戸を押して」はハツの言い廻しで、洒落《しゃれ》ていると波乃はすっかり気に入っていた。

将棋会所での手合わせは相手もいることなので、次々と対局できるときもあれば、相手がいなくて手が空くときもある。そういうときには、普通はほかの人の対局を見ることが多かった。思わぬ発見をすることがあるし、自分の弱点に気付くこともあるからだ。

信吾は対戦相手がいないとき、ハツが庭を散歩したり、ときには柴折戸を押して波乃と話しに行くことがあるのを知っている。

「どんな話をするんだい」

「そうですね。殿方には知られたくないような女だけの話とか」

えッと信吾が意外な顔をしたからだろう、波乃はクスリと笑いを洩らした。

「そんな話はあと何年か先になるでしょうが、そのときどきで変わりますから、開けてびっくり玉手箱ですよ。なにが飛び出すか、まるでわかりません」

「なんて言われるとますます知りたくなるが、知らぬが花なんだろうな」

「他愛無いことですよ。それに信吾先生じゃなかった、旦那さまに伝えなければならないことは、ちゃんと伝えますから」

そう言って悪戯《いたずら》っぽく笑った。

四

翌日は手習所が休みなので、朝から子供たちの甲高い声が飛び交った。

うるさくて勝負に集中できないからと、手習所の休日には来なくなった客がいるほど騒がしい。だが本当に強い人や強くなる人は、子供がいくら騒ごうと、それくらいで気が散ることはなかった。

以前は開始の五ツまえから顔を見せるのは年寄りばかりだったが、最近は子供たちもやって来る。兄といっしょということもあって、紋も直太も早くから顔を見せていた。しかし本所の表町から祖父といっしょに来るハツは、どうしても五ツ半（九時）ごろになってしまう。

ハツの対戦希望者は何人もいて、すべて大人であった。ほかの子供客とは力に開きができてしまったので、余程のことがなければハツは対局しない。

「信吾先生おはようございます。みなさんおはようございます。常吉さんおはよう」

大人と子供の下駄《げた》の音がし、格子戸が開けられるなり明るく弾んだ声がした。全員が挨拶を返す。

「ハツさんおはようございます」と、客の太三郎《たさぶろう》が進み出た。「今日は是非、てまえとお願いしたいのですが」

太三郎は元旅籠町《もとはたごちょう》二丁目の質商「近江屋《おうみや》」の三男坊で、「駒形」に入り浸っていたことがある。あるときイカサマ賭け将棋師の罠《わな》に嵌《は》まり、大金を騙《だま》し取られそうになったところを、信吾が機転で救ったことがあった。

その後は仕事に励むようになったが、将棋会所「駒形」の一周年記念将棋大会には顔を見せている。以後は午前中だけだが、何日か置きに指しに来るようになった。あれに懲りて将棋に溺れることはないと判断して、父親も許しているのだろう。

「太三郎さんは」と、ちらりと紋に目をくれてからハツは言った。「朝しかお時間が取れないのですよね」

「ええ、ですので今日お相手してもらえないと、次はいつになることやら」

「わかりました。ではお願いいたします」

本所から黒船町の「駒形」に来るまで、ハツは紋にどのように教えようかと考えていたのかもしれない。しかし将棋会所に通っていれば、すべてが自分の思い通りにいかないことはわかっているのだろう。今回は太三郎や信吾の顔を立てたということだ。

もちろん、ハツが教えようと思っていることなど紋は知らないので、少し先に延びたということでしかない。

一方の常吉は朝の雑用のあれこれをすませると、直太をさりげなく庭に誘い出した。やがて屋内にもどると、板間六畳の隅っこで対局という名の指導を始めたのである。常吉は日ごろ信吾の遣り方を見ているので、その辺は心得ているようだ。

板間で教え始めたのがいかにも常吉らしいと、信吾は感心せずにいられなかった。家が田の字に建てられているので、板間は奥座敷の六畳間と表座敷の六畳間に接している。

すぐうしろが竈《かまど》や洗い場のある土間なので、茶を催促されるとすぐに淹《い》れることができた。八畳の表座敷とは少し離れているが、声を掛けられたら対応できるし、格子戸も見えるので客の出入りも把握できる。少し声を落とせば、話していることを人に聞かれることもない。実にいい場所を選んだものだ。

途中で客が来ると、直太にひと声掛けて対応する。そのあいだ直太はひたすら盤面を見て、考えを巡らせていた。

常吉はなるべく目立たないようにしていたが、いつしか新入りたちが周りに集まって、常吉が教えるさまを真剣に見ていた。ちらりとようすを見た信吾は、常吉ならうまくやるだろうと胸を撫《な》でおろした。

九ツの四半刻ほどまえに常吉は指導を切りあげたが、十分な成果があったことが信吾にはわかった。直太の顔が火照ったようになって、目が輝いていたのである。それまでぼんやり感じたり、漠然と考えたりしていたことが、常吉の教えで筋道立てて理解できたからだろう。

直太だけではなかった。常吉も生気に満ちた顔をしている。

ハツと祖父の平兵衛は弁当持参なので、常吉が茶を出した。店屋物を取った客にも茶を出すと、常吉は母屋に移って昼食を摂《と》った。波乃は信吾を待ってから食べるので、常吉の昼食はいつも一人である。食べ終わると信吾と入れ替わるのであった。

将棋会所にもどってしばらくすると、蕎麦屋や飯屋で食べた客が帰ってくるので、常吉はその人たちに茶を出す。

ハツ以外の子供客は界隈に住んでいるので、余程のことがなければ家に食べに帰った。しかし「駒形」には将棋仲間がいるので、食べたらすぐにもどるようにしていた。

留吉に連れて来られてべそを掻いていたのに、紋は自分から「駒形」に通うことを決めた。ハツが大の大人を負かすのを見て、紋の心に灯《とも》が灯ったらしい。

ハツの存在がまったく別物に映ったのだ。それがハツに対する憧れとなり、心の底からハツのように強くなりたいと思ったにちがいなかった。

そのハツに声を掛けられて、紋が喜ばない訳がない。

「紋ちゃん。落ち着かないと、ちゃんと将棋を指せません。そんなにはしゃいでいては、みなさんに笑われますよ」

ハツは十一歳で紋は九歳と二つしかちがわないのに、まるで母親か齢《とし》の離れた姉のような口振りである。ところがそう言われて、紋はこくりとうなずいた。

朝、常吉が直太に教えているのを見ていたからだろう、ハツも板間の端っこに席を取った。お辞儀をして駒を並べ始めると、常吉が静かに茶を出した。

常吉がそうだったように、ハツも勝負形式で指導を始めた。

ほかならぬ女チビ名人のハツのことなので、大人たちも気にはなるようであった。とは言っても、弁当や店屋物を食べ終えて茶を喫していた大人客の中に、ハツが指導するところを見る者はいなかった。

だが子供はちがう。さすがに留吉や正太たちは気になっても素知らぬ振りをしているが、新入りの全員が盤を取り囲んでしまった。

せっかく端っこの席にしても、これではなんにもならない。ハツとしては静かに教えたいだろうが、「邪魔だから、あっちへ行ってよ」とは言えないからだ。仕方なく周りは無視して、ただ紋一人だけを相手にすることにしたようであった。

「紋ちゃんは手習所で九九は習いましたか。それともまだですか」

「習いました」

ハツはおおきくうなずいた。

「将棋は縦九列と横九列ですから、枡目《ますめ》の数は」

訊かれた紋は少し考えてから答えた。

「八十一です」

「ということは、将棋はたった八十一の枡目での戦いになります」

紋だけでなく、見ている子供たちが一斉にうなずいた。

「それなのに戦いが始まるとだれも、駒を動かしているそこしか見ません。見なく、いいえ、見えなくなってしまうのです。だから八十一の枡目なのに、二倍にも三倍にも、ほもっともっと広く思えてしまいます。むりもないわね。だって戦っているのだから、ほかを見る余裕なんてないもの」

飯屋や蕎麦屋に食べに行っていた客が、楊枝《ようじ》を銜《くわ》えたままで帰り、「おッ、やってるね」という顔で笑いを浮かべた。しかし板間には入らず、八畳間か六畳間の空いている座蒲団《ざぶとん》に腰をおろす。あるいは煙草入れと盆を手に、縁側に出て吸い始めるのであった。その横に常吉が湯呑茶碗を置く。

板間では、教える方も教わるほうも真剣であった。

「でも戦いは将棋盤の全体でやっているの。だから戦っているそこだけでなく、いつも全体を頭に置きながら、戦っているところに気持を入れないとなりません。でないと大事なことに気付かなかったり、見逃してしまったりすることがあります」とハツは、紋がうなずくのを待って続けた。「普通の駒は一枡しか動けませんが、桂馬は一枡置いた斜めまえ、香車は真《ま》っ直《す》ぐまえへどこまでも、飛車は縦横どこまでも、角行も斜めにどこまでも、途中に駒がなければ進めます。ところが勝負に夢中になると、遠くにいるそんな駒や、敵手《あいて》の持ち駒のことを忘れてしまうのです。そういう駒が動いて、戦いの場が急に変わることがありますからね。戦っているところだけでなく、常に全体を見ていないと、そんなときにあわててしまいます」

ほかの子供たちも騒がずに聞き入っているので、会所はいつもに較《くら》べてとても静かだった。そのため八畳間で啓文さんに進められた戯作《げさく》を読んでいた信吾にも、ハツの教えているのが聞こえていた。思わず本を畳の上に置くと、甚兵衛が笑い掛けた。

「教え方が上手ですね、ハツさんは」と、甚兵衛は感に堪えぬように言った。「大人だって、なかなかあそこまで、わかりやすくは教えられませんよ」

「十年、いや五年早くハツさんと知りあっていたら、あっしはもう少し上手《うま》くなっていただろうに」

前日、信吾に言ったのとおなじようなことを源八が言ったので、信吾は苦笑せずにいられなかった。

ハツは「駒形」に通い始めてから一年半にもならず、将棋を憶えてからでもせいぜい三年ほどだ。五年まえに知りあえても、ハツは将棋を知りもしないのである。しかし、これも源八ならではの愛嬌《あいきょう》だろう。

初日でもあり、紋も疲れるだろうから、ハツは四半刻程度で切りあげると信吾は思っていた。祖父といっしょに弁当を食べ終えたハツは、紋が昼食をすませて会所にもどると耳打ちして、ほどなく板間で指導を始めた。

九ツ半（一時）まえであった。

「ハツさんも紋ちゃんも、今日はそれくらいにしておきなさい」

そう言うと二人は驚いて信吾を見あげて、怪訝《けげん》な表情を浮かべた。

「弁天山の時の鐘が七ツを告げただろ」

「えッ、もう七ツですか」

「なんだ、時の鐘にも気付かなかったのか」

「あッ」と、ちいさな叫びをあげたのは紋であった。「いけない。あたし」

「どうしたの、そんな顔して」

「おしっこ」

飛びあがるようにして席を立った紋は、土間に降りると子供用の下駄を突っ掛けた。あわててハツも立ちあがった。真っ赤な顔になったのは、信吾が八畳間で笑いながら見ていたので、恥ずかしかったからだろう。だが、やはり土間へ急いだ。男の子たちもバタバタと席を立った。

母屋の厠《かわや》は建物の東北隅に作られて渡り廊下で繋《つな》がっているが、将棋会所は外後架《そとごうか》である。一斉にそれを目指したということは、ほとんど全員が一刻半も小用のことを忘れていたことになる。さぞやすさまじいことになると思われた。

「かまわないから、母屋の厠も使いなさい」

信吾がそう言うと、半数ぐらいが会所の庭から柴折戸を押して母屋の庭に駆けこんだ。甲高い声で、訳のわからないことを喚《わめ》きながら先を争う。

「喧嘩するんじゃないぞ」

信吾が笑いながら注意すると、「駒形」の家主でもある甚兵衛がしみじみと言った。

「これに懲りて、次からは気を付けるようになるでしょう。それにしても、われを忘れるほど熱中するとは、思いもしませんでした。ハツさんが有能なのか、生徒の学ぶ意欲が真剣なのか」

「両方でしょう。片方だけでは、全員が厠に走るようなことにはなりません」

「しかし、これで将棋会所『駒形』は十年、二十年、いや五十年は安泰ですね。やはり信吾さん、じゃなかった信吾先生にやってもらってよかった。てまえでは、とてもこうはまいりません。若手を育てるのは難しいですから」

五

打つ、振る、突くの棒術基本三動作を、信吾は常吉に徹底してやらせた。

将棋会所を引き払うと二人は庭に出た。信吾は木刀の素振り、鎖双棍の型と連続技を、常吉は棒術の基本に汗を流した。秋も深まりつつあるので、行水はせず、よく絞った手拭いで拭き浄めた。

信吾が常吉に棒術を教えるようになったのには、こんな経緯《いきさつ》があった。

ある夜、母屋の庭で木刀の素振りをしていると、将棋会所の庭で人の気配がした。生垣越しに窺《うかが》うと、常吉が棒を振り廻していたのである。どうやら信吾が鍛錬しているのを見て真似《まね》し始めたらしいが、見様見真似なので滅茶苦茶《めちゃくちゃ》であった。

　基本を学ばずに我流でやっていたら、変な癖が付きかねない。話を聞くとどうしても棒術を身に付けたいとのことなので、であればと教えることにしたのである。

「護身術は武器を持った相手に対し、素手かせいぜい棒や杖で身を護《まも》る術《すべ》だ。ということは武術、武芸である。だから余程しっかりした心構えでないと身に付かない」

　そう前置きして信吾は話して聞かせた。

　二人の関係はあるじと奉公人だが、こと武芸に関しては師匠と弟子になる。商人《あきんど》は常に控え目で、礼儀正しく、言葉遣いもていねいでなければならない。だが、こういうふうになさってください、などと言っていては武芸にはならない。言葉は乱暴になるし、しかも師匠の言うことには絶対に従わねばならない。信吾は寺の和尚に教えてもらったが、それは厳しいもので、普段はおだやかな和尚に呶鳴《どな》り付けられたり、馬鹿者呼ばわりされて徹底的に仕込まれたのである。

「それがわかっているなら、教えてやってもいい」

「教えてください」

「どんなに辛くても我慢できるか」

「できます」

　そんな遣り取りがあって教えることになったが、信吾は念を押すことを忘れなかった。

「おなじことの繰り返しで飽きるだろうし、いい加減厭になるだろうが、これができなければ先に進んでも技が身に付かない。だからうんざりするだろうが、わたしがそれでいいと言うまで続けられるか」

「はい」

信吾はそう断ってから、常吉に基本動作をやらせた。剣術の素振りとおなじで、基礎体力を付ける必要もあったからだ。

「ようし、では次に進むとするか」

信吾がそう言ったのは、ひたすら打つ、振る、突くをやらせて三月《みつき》後であった。

常吉が顔を輝かせたのは、いよいよ攻めや守りの型が学べると思ったからだろう。ところが信吾がやらせたのは、基本動作の速度を倍、三倍と速めることであった。

なぜそうするのか、しなければならないのかの理由を知りたかっただろうが、常吉は黙ってうなずいた。

不意に殴り掛かった破落戸《ごろつき》を、信吾が難なく躱《かわ》したのを常吉は見ている。

その後、榧寺《かやでら》として知られる正覚寺の境内で、蹴りを入れられたり、懐から出した九寸五分で心の臓をねらわれたのも、信吾は楽に躱して、関節を逆に攻めて短刀を落とさせた。

それを見ていた何人もの客から、常吉は繰り返し信吾のあざやかな身のこなしを聞かされたのである。

　常吉がその域に達するには、信吾に言われたことを熟《こな》すしかないとわかっているはずだ。だからこそ、黙々とやってこられたのだろう。

「おなじ繰り返しでうんざりしただろうが、我慢してよく頑張ったな。基本三月に上乗せ二月《ふたつき》、併せて五月《いつつき》。いよいよ次に移るが、今日は棒なしでやる」

「棒術なのに、ですか」

「そうだ。棒術の第二段階の初日は、棒を使わずに口だけで教える。そんな無謀な、と思うかもしれんが」

　そこで信吾は言葉を切ったが、常吉は喰い入るように見ている。やはり無謀と無棒の駄洒落《だじゃれ》には気付かなかったようだ。むりもない。信吾がそんなことを言うとは、思いもしなかったのだろう。

「なぜそうするか、なぜ棒を使わずに口だけで教えるかというと、攻めと守り、およびその組みあわせがどういうものであるかを、しっかりと頭に入れておかないとならないからだ。棒を使っては明日から教える。今日はこれだけを頭に叩きこんでおくように」

「はい」

「棒術と将棋の考え方は、まったくおなじなのだ」

　口を開けたままで、常吉は声もなかった。まったくおなじ訳がないではないか、と言いたいのだろう。戦いという点ではたしかにおなじかもしれないが、自分の体と木で作った駒のどこがおなじというのだ。

「将棋で大事なことは」

「攻めるときには攻め、守るときには守る」

打てば響くように返って来たが当然である。前日、何度も念を押したことなのだから。

「棒術で、というか護身術そのものに通じるが、大事なことは」

「攻めるときには攻め、守るときには守る、ですね」

「まさに、そのとおり」

「まさか」

「自分で答えておきながら、まさかと言うやつがあるか。信じようと信じまいと、それが極意だ。明日からそれを教える」

六畳座敷の障子が開けられ、微《かす》かな明かりが庭に射《さ》した。

「ご飯ができましたよ」

波乃に声を掛けられ、信吾と常吉は板の間の箱膳のまえに移った。両手をあわせて「いただきます」と言ってから箸を取ると、信吾は常吉に言った。

「教えることは楽しいだろう」

「いえ、難しいです」

「よくわかったらしくて、直太はうれしそうな顔をしていたぞ」

「てまえが、正太さんほど兄貴風を吹かせないからじゃないでしょうか」

「正太が兄貴風を吹かせるのは仕方ないだろう、兄貴なんだから。しかし、直太がうれしそうな顔をしていたのは、よくわかったからだと思うよ」

「常吉は教え方が上手なのね。するとハツさんも」

「ああ、一刻半びっしりと。ハツさんと紋ちゃんだけでなく、野次馬たちもね。お茶も飲まねば厠にも行かず」

「ああ、それで」

子供客が母屋の厠に押し掛けた理由に納得したのだろう、波乃はおかしそうに笑った。

「初日が肝腎だと言うが、常吉はなにを教えたんだ」

「言わなきゃだめですか」

「どうしても言いたくないならかまわないが、できたら知りたいな」

「あたしも、知りたいわ」

「でも、旦那さま。笑いますよ」

信吾先生でなくて旦那さまと言ったということは、昨日ほどは興奮していないということだろう。

「笑うもんか。常吉が真剣に教えたのだからな」

「だったら怒ります」

「笑ったり怒ったり、同時にできないよ」

「きっと、呆《あき》れてしまうと思います」

「わたしはそれほど器用じゃない。笑って、怒って、呆れていたら、次は泣かんとならんだろう」

「一等最初ですから、将棋で一番大事なことを教えました」

「とすると」

「はい、そうなんです」

「そうか。そりゃ、言いにくいはずだ」

「ねえ、二人だけでわかってないで、あたしにも教えてくださいよ」

「だから常吉は直太に、将棋で一番大事なことを教えたんじゃないか」

「ですから、あたしは」

「そうか。あのとき波乃はいなかったんだ。将棋で一番大事なことは」

信吾は自分では言わずに常吉をうながした。

「攻めるときには攻め、守るときには守る」

「攻めなければならないときに守り、守らなければならないときにむりに攻めたりすると、まず勝つことはできない。これは武術や護身術にも通じるのさ」

「信吾さん。それって、相談屋のお仕事にも通じませんか」

「相談屋の仕事に、だって」と言ってから、信吾は膝を打った。「なるほど。まさに波乃の言うとおりだ。ともかく相手が話しやすいように運び、説き伏せるときには攻め切らなくちゃならないものね。ということは、すべてに通じるのかもしれない。へえ、波乃はいいところに気付かせてくれたよ」

そのときである。将棋会所と母屋を隔てた生垣の、柴折戸の辺りで一声「ワン」と吠え声がした。信吾が波乃と言ったので、自分の名を呼ばれたと思ったのだろうか。

「波の上が餌を催促しています」

番犬が焦《じ》れて声をあげたらしい。

「いけない、忘れていました。じゃ常吉、急いでね。波の上に謝っといてくださいよ」

皿に盛られた餌を持って、常吉は足早に将棋会所にもどった。

「このあと、新入りたちがおいらにも教えてくれと、ハツさんと常吉に迫るかもしれんな。いや、まちがいなく迫るだろう。二人には教えることは自分の勉強にもなると言ってはあるが、それだって限度がある」

「でも、信吾さんがあまり関わらないほうがいいかもしれませんね」

「どういうことだい」

「子供たちに任せて、やりたいようにやらせてみてはどうかしら。悩んだり苦しんだりはするでしょうが、案外、自分たちでなんとかすると思いますよ」

「波乃は気楽な立場だけど、わたしは常にそれに立ち会う訳だからね」

「子供たちが解決できればとてもすばらしいことだし、ぐにゃぐにゃになって手に負えなくなったとき、信吾先生が登場して快刀乱麻を断つ、となればですね」

「さすが信吾先生だと、ますます信頼されるってかい。世の中、そんなにうまくいくものか」

「うまくいくかもしれませんよ。多くの人は、子供だからとか、年寄りだからとか、女だからとか、奉公人だからと決めつけて、枠に嵌めこんでしまうことがありますね」

「たしかに、それはあるけれど」

「するとそれだけで、人を人として見ていないことになるのではないかしら。たとえば将棋会所の常連さんたちですけど、信吾さんは常連さんという枠に嵌めて考えてはいないでしょう」

「そりゃ一人一人みんなちがうから、枠に嵌められない」

「それはみなさんが長年生きて来られて、ご自分の世界を持っているし、経験も豊富だし、一纏《ひとまと》めに括《くく》れないからでしょう」

「当然だろう」

「子供たちもこの先、そうなって行くのですよ。今はまだ、海のものとも山のものとも知れませんけれど。でも常連さんたちだって、みんなそうでした、三十年、四十年、五十年まえは」

「いたいけな子供だった。なかには手に負えないワルもいただろうけど。それが今はだれも爺《じい》さんだ」

ふと横を見ると、波乃が口を押さえ体を震わせている。

「どうしたんだ」

「なんでもありません」と、言って波乃は噴き出した。「ごめんなさい。甚兵衛さんも桝屋良作さんも太三郎さんも太郎次郎《たろうじろう》さんも素七さんも島造《しまぞう》さんも夕七さんも……」

波乃はまるで区切らずに、将棋会所「駒形」の常連の名を息も継がずに挙げて、しばらくのあいだ肩で喘《あえ》いでいた。そして言った。

「みなさん、昔は子供だったんですね」

笑い上戸は波乃で、ときどき箍《たが》が外れて信吾は呆れかえったものだった。だが、今回だけはそれが逆転した。波乃が心配するほど、信吾の箍が外れてしまったのである。

六

信吾が母屋の伝言箱に紙片の入っていないのを確認し、柴折戸を押して会所の庭に入ると、「おはようございます、旦那さま」と声がした。六尺棒を持った常吉が立っている。今日からいよいよ攻めと守りの技を教えると言ったので、張り切っているのだ。

「ちょっと待っておくれ」

会所の伝言箱も空だったので、信吾は懐から鎖双棍を取り出した。

「ブン廻しは夜はできないのでね」

鎖双棍は、径が一寸（約三センチメートル）で長さが五寸（約一五センチメートル）の赤樫《あかがし》の棒二本を、一尺五寸（約四五センチメートル）の鋼の鎖で繋いだ護身具である。ブン廻しは棒の片方を握って頭上で円を描くように振り廻し、鎖の繋ぎ目を見る鍛錬であった。

最初はゆっくり廻しても見ることができなかったが、根気よく繰り返していると、次第に見えるようになる。確実に見極められるようになると、少しずつ回転速度を速くしてゆくのだ。

見ることがすべての基本だと巌哲和尚は言ったが、まさにそのとおりであった。不意に殴り掛かられたり、蹴りを入れられても躱すことができたし、九寸五分や刀を持った相手からも身を護ることができたのである。

鍛錬の賜物《たまもの》であるが、気分にもかなり左右されることがわかってきた。体の調子がいいとか、気分がすっきりしているというだけで、いつもよりはっきり見える。

夕立で東の空にきれいな虹が架かったのを見ただけでも、翌日のブン廻しはくっきりと見えるほどであった。

その伝で言えば、今朝のブン廻しは絶好調と言っていい。おそらく前日のハツと常吉の新入りに対する教え方が、期待以上にうまくいったからだろう。自分でも驚くくらい鎖の繋ぎ目が明瞭に見えた。

そのため、普段の半分ほどの時間で切りあげることができた。

「ところで常吉は走るのは得意か」

鎖双棍の握り棒と鎖を折り畳んで細紐《ほそひも》で縛り、懐に収めながら信吾は訊いた。

「速くはないですが、特に遅くもないと思います」

「走るには得手不得手があって、犬型と猫型があるそうだ」

棒術の攻めと守りを本格的に教えてもらえると期待していたからだろう、常吉は肩透かしを喰らったような顔になった。

「常吉は犬型かい、それとも猫型かな」

「さあ。好き嫌いなら犬ですけど」

「好き嫌いを訊いているのではない」

答えられずに困っている。

「犬は長いあいだ走ってもそれほど疲れないので、どこまでも追い掛けて、獲物が疲れ切るのを待って捕らえる。猫は長く走り続けるのが苦手で、獲物に気付かれぬように忍び寄ったり、じっと動かずに待ち伏せたりして、不意に獲物に飛び掛かって捕らえるのだ」

「そうなんですか」

それが棒術とどのような、との声が聞こえてくるようだ。

「刃物を持った相手に対してどうするのが一番いいか、常吉は知っているか」

「棒を使ってですか」

「棒を持っていてもいなくても」

「さあ」

「逃げるが一番。ともかく刃物を見るなり一目散に逃げるにかぎる。だが逃げ切れないとき、自分の得物が棒一本だったらどうするかだけどね」

はぐらかされたように感じていたからだろう、話が急に棒にもどったので常吉は目を白黒させている。

「危ないのは刃物を持った相手で、場合によっては命を落とすことになりかねない。棒術などの護身術は、武器を持たぬ者が刃物を持った敵から身を護る術なのだ」

常吉がゴクリと唾を呑《の》んだ。

「赤樫はとても硬いが刃物には勝てない」

言いながら信吾は、折れた枝で地面に刀の刃の断面図を描いた。

「ここ」と、刃の部分を示した。「ここは一番避けなければならない。いくら硬い樫でも鋼には勝てないからね、ではどう受けるかだけど」

じっと考えていた常吉は、図の側面の一番厚みのある部分を指差した。

「そうだ。鎬と言うが、そこを攻めたら、棒だって刃物に簡単に負けはしない。だから刃先を躱しながら鎬を叩き、あるいは棒をピタリと押し付ける。そして刃物を押し返し、わずかな隙を衝《つ》いて相手の手の甲を叩く。でなければ心の臓や咽喉《のど》、顔などに突きを入れるのだ。相手が怯《ひる》んだら随徳寺《ずいとくじ》」

「一目散に逃げるのですね」

「そうだ。刃物を持った相手からは逃げるにかぎる。すぐに逃げられなかったら、なんとかその隙を衝いて逃げる。ともかく逃げることだ」

「だけど、刃物を持った相手の隙を衝くと言ったって、とてもそんな余裕なんかありませんよ」

「びっくりさせる」

「びっくりさせるんですか」

「そうだ。びっくりさせる。驚かせるんだ。常吉は狼《おおかみ》とか蛇は好きかい」

「大嫌いですよ。狼は怖いし、蛇は気味悪いから」

「蛇の好きな人はあまりいない。おなじ蛇なら蝮《まむし》がいいだろう。あれは毒を持っているから、咬《か》まれたらまず助からない。だれだって蝮と聞いただけでぎょっとなる。刃物を持った相手の背後を見ながら、わッ、狼、とか、足もとを見て、蝮が出たと叫ぶんだ。宮本武蔵《みやもとむさし》ほどの剣術遣いならともかく、大抵の人は蝮と聞けば、はっとなるからね。その隙に駆け出せば、まず追って来るやつはいないだろう」

「蝮だと叫んだら、自分のほうがびっくりしそうです」

「蝮は寒いときには出て来ないので、夏場、せいぜい春の終わりから秋の初めまでしか使えない。となるとやはり狼かな」

「刃物より怖いものはありますか」

「飛び道具だ。弓矢とか鉄砲、手裏剣、それに吹き矢。だが、常吉は考えなくてもいい。だって鉄砲を持った人と、戦わねばならないことなんか考えられるか」

「いえ」

「そんなことになったらたいへんだ。刃物を持った人から身を護らなければならないことだって、普通の人はまずないだろう。だから刃物を持った相手を扱えれば、それで十分じゃないか」

「そうですね」

「わたしは弓矢や鉄砲を持った相手から、いかに身を護るかを教えてもらった」

「ほ、本当ですか」

「ああ、鎖鎌もね。あれは厄介だよ。戦法、つまり戦い方に鎖双棍と似たところがあるからね。先に分銅《ふんどう》の付いた鎖を振り廻すだろう」

話が次第に移るので常吉は戸惑ったようだ。

「てまえはともかく、なんとか棒を扱えるように」

「そうだった。三月と二月、併せて五月。ただ、打つ、振る、突くを繰り返してきたんだものなあ。音《ね》をあげて投げ出すんじゃないかと思っていたけれど、よく我慢した。常吉は根性がある。それならきっと棒術をものにできるはずだ。攻めと守りは、これまでやってきた、打つ、振る、突くを、いかにうまく組みあわせるかに尽きる。簡単だろう」

「いえ、とても」

「よし、常吉ならやれる。本当は簡単なようで簡単ではない。基本の三つをうまく組みあわせればいいと言ったけれど、やればやるほど難しいのがわかるはずだ。どれとどれをどう組みあわせるか。これは稽古を重ねて体に憶えさせるしかないからね。それと組みあわせではなく、一つの技を徹底して繰り返すこともある」

「ふーッ」

思わずと言うふうに、常吉がおおきく息を吐いた。

「相手が技を組みあわせて攻めてくると思っている、と見たらその逆を衝くのだ」

「逆ですか」

「打ちを凌《しの》げば、突きか振りが来ると相手は思う。その裏を掻いて、打つ、打つ、も一つ打ち、さらに打つ。あるいは突いて、突いて、さらに突く。予想もしていなかった相手は、ひたすら守るしかない」

「その裏を衝くのですね」

「そう、そのとおり。常吉は偉い」

思わず緩んだ頬に冷水を浴びせる。

「ところが、当然ながら相手もその裏を読んでいる」

懸命に考え、常吉は言った。

「その裏の裏を読むのですか」

「それも一つの手だな」

「ですが、裏を読まずに攻められたら応じられず、やられてしまいますよ。相手がどの手で来るかわからないのに、どのように守ればいいのですか」

「よく気が付いた。相手がどの手で来てもちゃんと受け、そして攻めるためには、ひたすら稽古するしかない。体に憶えさせるのだ。考えていたら間にあわないから、考えなくても体が動くようにする。刃物を持った相手から、棒一本で身を護るにはそれしかない」

棒術や杖術《じょうじゅつ》、また柔術とも呼ばれる体術などの護身術がどういうものであるかを、信吾は常吉の頭に叩きこんだ。しかし、理解できていないのではないだろうか。

となると、いよいよ実技であった。

「打つ、振る、突くの稽古を常吉はひたすらやってきた。はっきり言って退屈でならなかったと思う。なんのためにこんなことをしなければならないのかと、腹が立ってくるほどだったろう。だけどそれを自分のものにしなければ先に進めない。わたしも和尚さんに言われて仕方なくやった。その意味がわかったのは、その先の先、ずっと先になって、ああ、そうだったのかと気付いたのだ。だから常吉も、わたしの言ったことを、がむしゃらにやってほしいんだ」

「やります」

「では始めるが、攻めと守りの組みあわせは数かぎりなくあるが、どれも打つ、振る、突くを組みあわせたものなのだ。だからひたすら打ち、振り、突いてもらった。これから教えることを、初めはゆっくりでかまわない。そのかわり確実にやってもらいたい。それが身に付いたら、少しずつ速くしてゆく。毎日一つずつ教えても、何十日も掛かるくらいの数がある、それらを繰り返しているうちに、こうしたらいいのではないかと思うこともあるだろう。しかしそれはもっと先まで我慢するように。わたしが知っていることを全部教えて、それを常吉が確実にできるようになってから、それに自分の工夫を加えてもらいたいのだ」

「わかりました」

「では始めよう」

七

祖父平兵衛の体調に問題がなければ、手習所のある日は昼の九ツ半すぎ、休みの日は朝の五ツ半すぎにハツは「駒形」に姿を見せた。

手習所は八ツまでだが、午後は朝習ったことの復習に当てている。また十二、三歳から奉公に出ることが決まっている手習子は算盤《そろばん》に励んだ。

利発なハツは復習はしないで午前で切りあげ、昼食を摂ると祖父といっしょに黒船町にやって来る。

ハツが「駒形」に通うことになったころは、十歳の女の子なんぞとみっともなくて指せるかと言う客もいた。負けたとき格好悪いというのが本音だろう。

ところがハツと対局した者は、なにかと刺激を受けるらしく、確実に成績をあげるようになった。そのため通い始めて一年半近くなるこのごろでは、だれもがハツとの対局を望んでいた。

どうやら甚兵衛や桝屋良作などが中心になって、不公平にならぬよう順番を決めているようであった。

その相手は上級か、中級の上あるいは中以上の者にかぎられていた。強くなりたい、いい将棋を指したいと願っている人たちで、自分の力はこんなものと諦めた連中は含まれていない。

ところが常吉が直太に、ハツが紋に教えてからというもの、事情が変わったのである。手習所が休みの一日、五日、十五日、二十五日の四日は、ハツは新入りの子供を教えるようになった。眼《め》の色を変えて学ぶ子供たちを見ては大人も、それでも自分と一番とは言えないのだろう。

子供の中でもある程度の力のある留吉や正太、それに彦一などは自分たちで対局する。ハツや常吉に教えてもらいたいと言っても、基本のわかっている者には、ハツは力の似通った者同士で対局するように勧めていた。人それぞれだから、なるべく多くの人と指すのが強くなる早道だと言うのだが、そう言われてもほとんどの新入りは、ハツに教えてもらいたがったのである。

教え方については、ハツと常吉が話しあったらしい。直太や紋に教え始めた日の翌日、信吾は昼休みに二人が話しあっているのを目にした。

あとでわかったのだが、ハツから持ち掛けたとのことだ。

「常吉さん、次の手習所の休みの日、紋ちゃんに教えてもらえないかしら」

「あの子がウンと言いませんよ。紋ちゃんはハツさんに憧れていますから」

「それはあたしから紋ちゃんに話します。あたしから話せば、きっと聞いてくれると思うの」

「そうかもしれませんけど」

「最初が肝腎だから、次にみんなが来たときにちゃんと話しておきたいの。常吉さんも力を貸してくださいな」

そう持ち掛けられて、常吉が厭と言える訳がない。子供であろうと、男は女に敵《かな》う訳がないのだ。

ハツが提案したのは二点で、最初が紋のことである。将棋を指す人にはいろんな人がいて、考え方や指し方がみんなちがう。だから紋に対して、ハツと常吉が交互に教えたほうがいいというのがハツの考えだ。

もう一つは、ハツが紋に教えるのを見た新入りたちは、次はかならず自分にも教えてもらいたいと言うに決まっている。そうしてあげたいのは山々だが、毎日のように相手が変わってはやりにくくて仕方がない。それに初歩的なことを教えているので、紋に教えているところをみんなに見てもらったほうがいいと思う、ということであった。

いろいろ疑問に思う者もいるだろうから、後半に質問を受け付けて答える時間を作る。それがハツの考えであった。

「紋ちゃんと直太に、ハツさんとてまえが変わりばんこに教えるのはいい考えかもしれない。けれど、指し手にはいろんな人がいてさまざまな戦い方があるということは、このあと対局が始まるとすぐにわかることだから、今からそこまで考えなくていいと思います」

「そうか。紋ちゃんがあまりにもあたしにべったりなので、よくないかと思ったんだけれどね」

「それと自分にも教えてもらいたいとだれもが言うのはあたりまえだけど、ハツさんが言うように今は将棋の初歩の初歩。だから毎回相手を変えなくても、ハツさんが紋ちゃんに、てまえが直太に教えるところを見てもらったほうがいいと思う。最初にハツさんからみんなに、こういうことだからこうしますと言えば、わかってもらえると思うけど」

「紋ちゃんは喜ぶし、あたしもそのほうがやりやすい」

「二人を教える時間ですけどね、いっしょに教えないほうがいいと思うんですよ」

「どういうことかしら」

「ハツさんが紋ちゃんに、てまえが直太に教えていると、どっちを見ようか迷う子ができると思います。ほとんどの子はハツさんが教えるのを見たいと思うけど」

「そんなことはないでしょうけど、迷ったら可哀相ね」

「だから昼飯のまえとあとに分けて、どちらかが教えるようにしたほうがいいと思って」

ハツは少し考えていたが、おおきくうなずいた。

「だったらこうしましょう。常吉さんが朝、あたしがお昼を食べてからに。あたしは本所からだから、どうしても五ツ半になっちゃうでしょ。遅れたらみんなに申し訳ないもの」

信吾はあとで知ったが、二人はそんなことを話しあっていたのである。子供たちに任せたら、自分たちでなんとかすると思うと波乃は言った。まさにそのとおりであった。


朝の五ツ半ごろであった。

「席亭さん、信吾先生」

「なんでしょう、源八さん。えらくごていねいに」

「あっしは常吉に手合わせ願いたいんでやすが、仕事中だからダメだろうね」

「ダメだと言いたいところですが、このまえハツさんにいいと言ったのに、源八さんだからダメだなんて言えないじゃないですか。ただ、用事ができたときは指し掛けのまま、待ってもらうこともあると思いますが」

「合点」

そう言って源八は常吉を手招いた。狭い会所の中なので、本人に遣り取りが聞こえていたはずである。

常吉が「いいのですか」と言いたげに見たので、信吾はおおきくうなずいた。

源八は昨年暮れの将棋大会で、初戦に楽勝しながら二戦目でハツに敗れた。三戦目ではハツの祖父平兵衛に勝って面目を保ったものの、ハツに負けたことで調子を崩したのか、早々に優勝争いから後退したのである。

中級の上くらいの力量なので優勝争いに残れないのはわかっていたが、あまりにもあっけなく姿を消していた。

年が変わってからは、ハツとの対戦で勝ったり負けたりを繰り返している。その後ハツが力を付けたので、最近では三回か四回に一度しか勝てない。

常吉がそのハツに肉迫したので、源八にすれば気になってならないのだろう。

信吾にとっては、なんともありがたい申し入れであった。

ハツが大人に勝つのを見て将棋を始めた常吉は、わずか一年半で驚くほど力を付けている。本人に能力があったからだが、仕事がないときに他人の勝負を見ていることが、信吾が漠然と思っている以上に有効なのかもしれなかった。

となれば常吉は、持ち味のちがう相手と指したいはずである。ハツが声を掛けてくれたのは、常吉だけでなく信吾にとってもありがたかった。続いて源八から声が掛かって信吾が認めたので、勝負結果にもよるだろうが、このあと常吉と指したいと言う者が出てくるかもしれない。

常吉が多忙なのは客たちが集まる朝の時刻と、昼まえに客たちの註文を聞いて、蕎麦屋や飯屋に出前を頼みに走るときくらいであった。あとは四ツと八ツに茶を出し、客に頼まれて煙草やちり紙を買いに行くこともある。

用事ができても指し掛けにして中断すればいい。相手が了承していればなんの問題もなかった。となればある程度は指せるので、常吉にとって将棋会所での仕事の励みとなるはずだ。

それもこれもハツのお蔭《かげ》であった。源八と常吉が駒を並べるのを見ながら、信吾はしみじみとそう思った。

そうなのだ。ハツの出現で将棋会所「駒形」は、すっかり様相を変えていた。ハツが通うようになる以前は、二十八歳だった源八が若手であった。

客の多くは商家のご隠居で、あとは売れない芸人とかまともに働いていない連中であった。そういう客たちが黙々と、あるいは訳のわからぬ片言をつぶやくとかで、空気がどんよりと淀《よど》んでいたのである。

　ところがハツが通うようになって一変した。一陣の風が吹いたに等しかった。十歳の女の子が通うのを知って、年寄りばかりで陰気なため敬遠していた腕白坊主たちが通い始めた。すると十代や二十代の若者が、姿を見せるようになったのである。

　ハツはほぼ毎日通っているが、ほかの子供たちは手習所が休みの日だけであった。甲高い声で騒ぐので気が散って指せないと、来なくなった客もいるが、それはごくわずかで、ほかの年寄りは喜んでいたのである。それればかりか無口を通していた年寄りたちが、次第に会話するようになっていた。

　すこしずつ子供の数が増え、席料の値下げでさらに子供客が増え、紋という女の子も通うようになった。女の子は今のところハツと紋の二人だけだが、それだけでも会所が明るく感じられる。

　並べ終えた源八と常吉は、お辞儀をすると勝負を開始した。気になるらしく、それをチラチラ見ている客もある。

　常吉が力を付けてきたのでなんとかしてやりたかったが、信吾はいい考えが浮かばなかった。いくら将棋は対等であると言っても、客と奉公人なのである。しかも常吉は雑用で時間を取られる。なんとか自然な形で客たちと対局できないものだろうか、近ごろはよくそのことを考えるようになっていた。

　その難問を、ハツがいとも簡単に解決してくれたのだ。

仕事中だが常吉と手合わせできないかとハツが言ったので、その間は信吾が常吉の仕事を受け持つということで進めた。そして今日、源八が声を掛けてくれたので、信吾は常吉に用ができても指し掛けにし、一時中断して再開する手があることに気付いたのである。

ハツとの手合わせを望む者が多いのは、女の子ということもあるかもしれないが、新鮮な発想ができるにちがいないとの期待もあるのだろう。となれば、ハツに近い力を付けてきた常吉との対局を望む者も出てくるにちがいない。

源八と常吉の盤側には、いつの間にか三人の常連が、胡坐《あぐら》になって勝負に見入っていた。これでおそらく、次はだれかが常吉に声を掛けるだろう。

まさにハツは一陣の風であった。そのひと吹きで将棋会所「駒形」の空気はすっかり入れ替わり、いつの間にか淀みが消えて、新鮮になっていたのである。

対局中の顔を上げてハツが微笑んだ。自分では気付かなかったが、信吾はきっとうれしそうな顔をしていたにちがいない。

照れ笑いするしかなかった。

そして、ふと思った。今の「駒形」は自分が思い描いていた、理想の将棋会所に近いのではないだろうか、と。

猿だって悩む

一

五ツ（八時）を四半刻《しはんとき》（約三十分）ほどすぎたころに大黒柱の鈴が二度鳴り、少し間を置いて二度鳴った。母屋に来客ありの合図だが、もしかすると相談客だろうか。甚兵衛と常吉にあとを頼むと、信吾は格子戸からではなく八畳間の障子を開けて、沓脱石《くつぬぎいし》の日和下駄《ひよりげた》を突っ掛けた。

将棋会所と母屋を仕切る生垣に設けられた柴折戸《しおりど》を開けようとして、その向こうに波乃が立っていたので信吾はもしやと思った。

「春秋堂のだれかに、なにかあったのか」

波乃の生家、阿部川町にある楽器商の両親か姉の花江《はなえ》、その婿の滝次郎《たきじろう》のだれかが急病とか大怪我《おおけが》をしたのではないだろうか。あるいはもしかすると、と最悪のことさえ考えずにいられなかった。

鈴で合図しただけでなく、波乃がわざわざ柴折戸で迎えたのだからその可能性が高い。

「信吾さんにお客さまだと思うのですけど」

「客だと思うって、どういうことだい」

「それがひどい人見知りというか、引っ込み思案というか」

「だったら波乃の客じゃないのか。子供なんだろう」

「子供、でしょうね」

障子を開けて、沓脱石から八畳の表座敷にあがった。

「子供でしょうねと言ったって、だれもいないじゃないか」

「だから、ひどい人見知りで」

「波乃らしくないなあ、変なことばかり言って。人見知りもなにも、いなきゃ話にならんだろう」

六畳間との境の襖《ふすま》は、一枚だけが開けられていた。

「恥ずかしがっていないで、顔をお見せなさいな」

おずおずと部屋に入って来ると思ったのに、やはりそのままだ。

「頼み事か相談があるのでしょ」

波乃がやや強《きつ》く言うと、やっと姿を見せた。

「あッ」と声をあげそうになって、信吾はなんとか呑《の》みこんだ。不安そうな顔で見あげていたのは、子供ではなく、人間ですらなかった。

猿である。

――信吾さん、ですね。

――そうだけど。

――ああ、よかった。

見詰めあったままの信吾と猿を見て、波乃は声なき会話をしているとわかったらしい。

「あたしは向こうへ行っていますね」

波乃は安心なさいな、とでも言いたげに猿に微笑《ほほえ》み掛けると、部屋を出てそっと襖を閉めた。

波乃らしからぬ曖昧さも戸惑いも、訪ねて来たのが猿であればむりもない。言葉を交わせなければ、なぜ来たかも、どうしてもらいたいかもわからないからだ。信吾に取り次ぐしか方法がなかったのである。

――驚かれるのもむりはありません。

――それより、わたしのことをどうして知ったんだ。

――庭に来るキジバトが教えてくれたんです。そんなに辛《つら》い思いをしているなら、一度相談してみたらどうだって。生き物と話せる信吾さんって人が、すぐ近くに住んでいるからって。

――すぐ近くにかい。すると猿屋町代地《さるやちょうだいち》から来たのか。

猿はうなずいた。

猿屋町代地には、猿廻《さるまわ》しが多く住んでいると聞いていた。

借家を出て西に進めば、すぐに日光街道にぶつかる。北に道を取ると、通りの東西とも諏訪町《すわちょう》で、そのすぐ西側が猿屋町代地であった。将棋会所「駒形」からは、わずか数町しか離れていない。

——人のことなら多少はわかるけど、お猿さんのこととなるとなあ。お正月に猿廻しがやって来て、いろんな芸をさせるのを見たことはあるけれど。

——その猿廻しのことなんですけど、本人たちは猿曳《さるひ》きと言っています。

——猿曳き、か。

——一番の稼ぎ時であるお正月までに芸を憶《おぼ》えさせようとして、なんでもかんでも力ずくで、おいらはわかっているのに、馬鹿だとか、憶えが悪いって折檻《せっかん》するんです。

——折檻って一体どんなことを。

猿は体を震わせ、赤かった顔色が急に白っぽくなった。よほどひどい仕打ちを受けたらしい。

——悪かった。厭《いや》なことを思い出させたようだね。

——半殺しの目に遭わされます。

——いいよ、話さなくて。辛い思いをしたのはわかったから。

——いいえ、話します。話さなければ、信吾さんにわかってもらえませんから。主人はおいらを押さえつけて、嚙《か》み付くんです。

――猿が人にならわからないこともないけれど、人が猿に嚙み付くなんて信じられないよ。嚙み付くって咽喉《のど》とか腹にかい。

――背中です。

――だって毛だらけじゃないか。

――関係なく嚙み付きます。腹が一番弱いのに、なぜか腹はねらいません。叩《たた》くときも頭か背中です。痛いことも辛いですけど、押さえつけられて動くこともできないんですよ。このあとどんなひどいことをされるんだろうと思うと、怖くてふらふらになってしまいます。

飼い主は猿が自分の支配下にあって、絶対に逆らうことはできないことを教えているのだろう。

野良犬などもそうだが、まず力関係をはっきりと見せつけることで群を維持している。界隈《かいわい》を縄張りにしている野良犬の親玉は、狼《おおかみ》の血を引いた赤犬だが、群を見ているとそれがよくわかった。

――なんとかしてやりたいけれど、おまえの、あッ、名前はあるんだろう。

――三吉《さんきち》って呼ばれています。嫌いな名前ですけど。

――じゃあ、なんて呼べばいい。

——三吉でいいです。名前がないと話しにくいでしょうから。

——主人はおまえたちを仕込んで芸をさせるのが仕事だし、高い金を払って手に入れたはずだからね。

——三両も出したのになんて憶えが悪いんだ、この馬鹿猿って。

折檻されてはたまったものではない。とは言うものの、信吾になにができるだろうか。主人になにか言っても、「人の仕事に口出しするな」のひと言でお終《しま》いである。

——いっしょに行って話してやってもいいが、そんなことをすれば、あとで三吉がひどい目に遭わされるのが目に見えているからなあ。三吉がわたしに泣き付いたと取るだろうからね。いや、そのまえに、わたしは今聞いたことを三吉の主人に話せないんだ。

——なぜですか。

——三吉はわたしが生き物と話せることを知っているけれど、主人は知らないばかりか思いもできないだろうから。

——そうですよね。おいらもキジバトに言われていたけれど、こうやって信吾さんと話すまでは信じられなかったもの。やはり、いくら信吾さんでもむりなことはむりですか。

三吉の気落ちのしようがひどいので、信吾の胸は激しく痛んだ。しかし三吉の心身の痛みは、信吾とは較《くら》べものにならないはずだ。

困った人、悩める人の役に立ちたい。なんとかそれを解消したい。少しでも軽減してあげたいと思って、信吾は相談屋を立ちあげたのである。

困っているのが人でなくても、おなじことではないか。悩める者が自分を頼って来たのだ。なんとかしてやらねば信吾が生きている意味がない。

とはいうものの、なに一つ手掛かりはないのでもどかしくてならなかった。

――ともかく三吉の主人に会わねばならない。それからがたいへんだ。じっくりと話しあって、しかもわかってもらわねばならない。さて、どうしたものだろう。

あまりにも仕打ちが酷《ひど》いので信吾に訴えたものの、それがいかに難題であるかを、三吉はひしひしと感じたのだろう。萎《しお》れ切って、来たときよりも惨めに見えた。

――三吉の主人の名前は。

――誠《まこと》と呼ばれています。

――住まいは。

――十郎兵衛《じゅうろうべえ》という親方の家に住みこんでいます。親方には弟子が六人いて、そのうちの一人です。

――猿屋町代地のどの辺にあるのだ、と言ってもわからないよな。

――筆屋の隣です。おおきな作り物の筆をぶらさげたのが、看板になっているのでわかると思います。

信吾の表情に、なぜ知っているのだとでも言いたげな色が浮かんだのかもしれない。

――稼ぎ旅に出るときは首のうしろに荷を括《くく》り付けて、その上においらを乗っけます。普段も紐《ひも》で繋《つな》いだおいらを肩に乗せて、仕事に出掛けることがよくあるのです。通りから三軒目が筆屋で、その隣です。

――それは早めにたしかめておこう。芸を仕込まれるのはいつだ。

――朝だったり昼すぎだったりで、決まっていません。

――どこで仕込まれるのだ。

――板敷きの四畳半です。

――通りに面した部屋じゃないだろうな。

――奥まった部屋です。

――稽古のとき、部屋は締め切っているのか。それとも襖や障子の一枚くらいは開けてあるのか。

――そのときどきでちがいます。

となると音で合図するしかないと思い、信吾は口笛を吹いた。ピーヒョロロと。

――あッ、鳶《とんび》ですね。

――鳶に聞こえたか。でも、これは使えないな。

――なぜですか。

――鳶は一年中、お江戸の空を飛んで啼《な》いている。本物が啼けば、三吉はまちがえるかもしれんだろう。

それほどうまくは吹けないが、部屋の中にいては鳶か口笛かわからない。であればと、ホーホケキョと吹いてみた。

――鶯《うぐいす》ですね。信吾さん、意外と器用なんだ。

褒めたつもりかもしれないが、「意外と」が余計である。

――鶯なら今の季節にさえずるはずがないから、まちがえずにすむだろう。だから口笛が聞こえたら、逃げ出して来い。わたしは通りを歩きながら口笛を吹く。三吉が出られないときもあるだろうから、間を置いて何度か通りを歩きながら吹くようにするよ。

――おいらが逃げたら、主人はすぐ追い掛けて来ると思います。

――三吉がわたしの腰か胸にすがりついたら、主人の誠さんはなにか言うはずだ。そうすれば三吉のことで話もできる。わたしは相談屋をやっていて、いろんな人と話しているから、話すのは得意なのでなんとかしよう。となると、三吉は早めに帰ったほうがいい。こっぴどく叱られるだろうが、我慢するんだぞ。

――はい。ところでいつ来てくれますか。

――明日。遅くとも明後日《あさって》には。

――ホーホケキョを待っていますから。

庭に走り出たと思う間もなく、三吉は見えなくなってしまった。

腕を組んだまま正坐《せいざ》した信吾は、ぼんやりと庭を見ていた。目のまえには、梟《ふくろう》の福《ふく》太郎《たろう》が来て止まる梅の古木が立っている。

福太郎は本石町《ほんごくちょう》にある阿蘭陀宿《オランダやど》の長崎屋《ながさきや》で、甲比丹《カピタン》が梟は知恵の鳥だと話しているのを聞いたと言っていた。であれば知恵を借りたいものだが、福太郎がやって来るのは、夜か朝夕、あるいはどんよりと曇った日だけであった。

梟は鳥なのに鳥目の逆で、暗いところではなんでも見えるのに、明るいとよく見えないらしい。

「よろしいかしら」

信吾の返辞を待って波乃は襖を開けた。

「あら、お猿さん、お帰りになったのね」

お帰りになったもないものだが、信吾と暮らすようになってから、波乃は人と生き物の区別をしなくなっていた。

信吾が三吉の置かれた状況を話すのを黙って聞いていた波乃は、おおきな溜息《ためいき》を吐《つ》くと言った。

「なんとかしてあげたいわね。三吉ですか、あの子のつぶらな瞳が、あんなにおどおどしていたのですもの。あたし、可哀相《かわいそう》で」

信吾が将棋会所にもどってしばらくすると、波乃の弾じる琴の音が聞こえてきた。波乃は波乃なりに、心を鎮めながら三吉のために祈っているのだろう。

二

翌朝、信吾は将棋会所に顔を出したが、甚兵衛と常吉にあとを任せて五ツすぎに出た。前日、三吉がやって来たのがその時刻だったので、厳しく仕込まれているかもしれないと思ったからだ。

目指す猿屋町代地までは二町（二二〇メートル弱）あまり。

三吉が言っていた筆屋は、すぐに見付けることができた。軒看板に巨大な筆が吊《つ》りさげてあるので、筆を商っているのがひと目でわかる。鶯のさえずりを真似《まね》て口笛を吹きながら、ゆっくりと歩いたが、三吉は姿を見せなかった。

真《ま》っ直《す》ぐ北へ進み、東西に走る道路に出たが、その先も猿屋町代地である。信吾は引き返して、もう一度十郎兵衛親方の見世のまえを通りながら口笛を吹いたが、やはり三吉は出て来ない。となると、口笛が妙に侘《わび》しく感じられた。

一度、会所にもどったが落ち着かない。

四ツ（十時）の鐘が鳴ったので、信吾はふたたび出掛けた。

筆屋の辺りから口笛を吹くと、少し開けられた十郎兵衛の見世の出入口から三吉が飛び出してきた。四つ脚で駆けて来るなり、地面を蹴ったと思うと信吾の腰にしがみついた。

ずしりと重い。動作が身軽いので、体重も軽いだろうと錯覚していたのだ。二貫（七・五キログラム）はあるのではないだろうか。ずり落ちそうになって爪を立てられてはかなわないので、信吾は思わず右腕で抱きかかえたが、驚くほど温かかった。

——来てくれたんですね。

——心配しなくていい。落ち着くのだぞ。

三吉に言ったというより、自分に言い聞かせたのかもしれない。

すぐに、三十歳くらいの男が、血相を変えて飛び出して来た。初めて見る顔だが、信吾は誠だと直感した。

「おうおうおう、おれっちの商売物をどうしようと……」

居丈高な大声が次第に尻すぼみになり、言葉が立ち消えてしまった。相手は、信じられぬという目で信吾を凝視している。

「おめえさんは、もしかして信吾さん。黒船町で将棋会所と相談所をやっている、信吾さんじゃないのか」

相談屋を相談所とまちがえる人は多いので、信吾も訂正はしない。

「はい、さようで。わたしのことをご存じでしたか」

「ご存じもなにも、一年ほどまえになるが瓦版に」

「ああ、それで」

あのときは次から次へとさまざまな人が話を聞きに来て、うんざりしたものだった。ところが誠の態度の急変を見て、あるいは話を聞いてもらえるかもしれないと、幾分だが気持が軽くなるのがわかった。一年経《た》ってもこれだから、瓦版の効果がいかにおおきいかということを、信吾は改めて思い知らされたのである。

「瓦版読んでびっくらこいてね。しかも黒船町と言や目と鼻の先だ。見に行ったんだよ、野次馬根性まる出しにして。ひどい人だかりだったので驚いたぜ。刃物を抜いたやくざ者を、手もなくやっつけたっていうから、どんなやつ、じゃなかったお方かと思ったんだよ。したら、とんでもない優男《やさおとこ》じゃねえか。びっくらこいたなあ」

「あの、立ち話もなんですから」

猿にしがみつかれた若い商人と、何者ともわからぬ風体の男が話しているので、通行人がじろじろと見ながら通りすぎて行く。

「それもそうだな。これもなにかのご縁ってやつだろう。少し話して行かないか」

「あの、猿は」

ほっとして気が緩んだ訳でもないだろうが、うっかり三吉と言いそうになった。

「もうちょっと預かってもらおうか。三吉もそっちのほうが、居心地がいいようだし」

しがみついた三吉の力が少し弱まったのは、いくらかでも安心したからだろう。

「三吉っていう名ですか」

知っているのに聞いたのは、初めて会ったことになっているからだ。

「ああ、三吉だ。三歳になる。今はいいが、あと一年か一年半もすれば逆らうようになるからな。今のうちに人には逆らっちゃなんねえ、逆らえないってことを叩きこんでおかんと、手に負えなくなる」

逃げ出したくなるほど、それが激しいということだろう。

付いて来なとでもいうふうに、誠は顎をしゃくると十郎兵衛の見世に入った。

「あの、お名前は」

三吉に教えられていたが、一応は訊《き》いてみた。初対面ならそれが礼儀だからである。

「誠ってんだ、よろしく頼まあ」と、長い土間を奥へと進みながら誠は言った。「それにしても、三吉はいい人にしがみついたもんだ。武芸者の信吾さんが相手じゃ、いくらおれでも喧嘩《けんか》を売る訳にいかんもんな」

土間の左側には板敷きの小部屋が並んでいた。太鼓や笛の音が聞こえたが、弟子たちが猿を仕込んでいるのだろう。

襖が開けられたままの部屋もあって、半円形になった太鼓橋のように作った板製の階段を、中央部で断ち切った形の物が置かれていた。半々にした階段をあいだを空けて置き、階段を駆けのぼった猿が、空中をピョーンと跳んで反対側の階段を駆け降りる芸を、信吾も見たことがあった。

剝《は》いだ竹を丸めて作った、径が一尺三寸（約四〇センチメートル）くらいの輪は紅白に塗り分けられている。猿が空中を跳んで潜《くぐ》り抜けるための輪だ。高さを変えて二段にも三段にもし、それを連続して潜らせるのである。

誠が小部屋の一つにあがったので、信吾も続いた。慣れないせいかさすがに重いので、三吉を板間におろす。

部屋には稽古に使うらしく、雑多な物が置かれていた。隅のほうには、ボロ切れを入れた底の浅い古い桶《おけ》が置かれていた。べつの場所にはボロが纏《まと》めてある。

「おれは慣れてなんともねえが、信吾さんには臭いがきついだろう」

「いえ、それほどは。ただ、なんの臭いかなと思ってはおりましたが」

小部屋に入ったときから感じていたが、訊く訳にもいかないので黙っていたのである。

「糞尿《ふんにょう》だよ、猿の。クソにションベンだな。猿は叱られたり、怖い目に遭ったりすると垂れ流す。野や山にいたころの、なんちゅうのか」

「習性ですかね。何代も掛かって身に付いた性質とか癖のような」

「多分、そうゆうもんが残ってんだろう」

言われても信吾には訳がわからない。誠もそれに気付いたようだ。

「野や山にいて怖い目に遭うと、たとえば鷲《わし》や鷹《たか》に襲われたり、大蛇《おろち》や、群を離れた一匹猿に出会ったりすると、垂れ流して逃げる。たかがションベンと思っても、猿にとっては命に係わるからな。少しでも出して身軽になりたいんだろうよ」

「芸を仕込むときにもやってしまうということは、それほど厳しいということですか」

「そうせんと、猿は憶えんのよ」

浅い桶に入れたボロ切れは、尿を漏らしたときに拭き取るためのもののようだ。

「よろしかったら、芸を仕込むところを見せてもらいたいのですが、仕事に関することですからむりでしょうね」

「当たり前《めえ》よ。客には出来上がった芸だけを見てもらい、途中は見せるもんじゃねえ」と言い切ってから、誠はにやりと笑った。「しかし、信吾さんなら話はべつだ。相談所をやってんなら知っていたほうがよかろう。いつ、どこで役に立つかわからんからな」

言いながら誠は部屋のあちこちに置かれた品を、身の廻りに集め始めた。足を付けて畳から二、三寸（六～九センチメートル）浮くようにした小太鼓と撥《ばち》、拍子木、ちいさな腰掛、三吉に着せるらしい着物と袴《はかま》などである。

「三吉」

誠の鋭い呼び声に、三吉は一瞬で立ちあがった。

「衣裳《いしよう》だ」

ツツツと誠に向かった三吉は、くるりと背を向けて立った。誠は着物を着せ、袴《は》を穿かせると、二尋半《ひろ》（約三・八メートル）ほどの細紐を三吉に取り付けた。合図をしたり、手許《てもと》に引き寄せるためのものらしい。

「お宮さんやお寺の境内で、太鼓を叩きながら明るくてにぎやかな唄を唄っていると、なにごとだろうと次第に客が集まって来るのよ」

言いながら誠は高さが七寸（約二一センチメートル）ほどの、上が下の半分くらいの台形をした腰掛を取り出した。

誠が腰掛を自分のまえに置くと、三吉は信吾のほうに向かって行儀よく腰を掛ける。すると誠は拍子木を手にして、チョンチョンと打ち鳴らした。口上を述べるまえの柝《き》だとわかった。

「東西東西《とざいとーざい》、ここ許《もと》にご覧に入れまする太夫《たゆう》さんの名前は、三吉と申します。三ちゃんです」

三吉は深々と頭をさげてお辞儀した。

「近所でも評判のお利口さんですが、鼻ぺちゃなのが玉に瑕《きず》」

三吉は歯を剝《む》いて、誠に喰《く》って掛かろうとする。

「ごめん、堪忍、許しておくれ。そんなことはありません、いたって男前のいい男」

三吉が深々と頭をさげると、誠は小太鼓を叩きながら、調子を付けて唄うように語り始めた。すると三吉が立ちあがって歩く。

三ちゃん生まれはどこですか
三ちゃんの生まれはえー
花のお江戸の日本橋
からはちょっと離れ
かなり離れてまだ離れ
ずっと離れた片田舎
親は代々狩人《かりゅうど》渡世《とせい》
親の因果が子に報い
顔が赤くて目が丸く
おまけに鼻がぺっちゃんこ
それを思えばみなさまよ
思えば涙がこぼれます

それまでまるで客に自分を見せるように、腰に手を当てて歩き廻っていた三吉は、語りの中ほどで正坐していた。「涙がこぼれます」のところで誠が手巾《しゅきん》を投げると、それを三吉は頭に持っていこうとする。誠があわて気味に言った。

「これ三ちゃん、涙は頭の天辺《てっぺん》からは出ませんよ。ちょっとこちらへ持って来なさい。教えてあげるから」

三吉は誠に手巾を手渡して腰掛に坐《すわ》る。

「涙が出ると言ったらこうするの」と片手で小太鼓を叩きながら、誠は節を付けて唄い出した。「思えば涙がこぼれます」

誠は自分の目を、手巾で押さえて三吉に見せる。

「わかりましたね。こういうふうにやるんですよ。わかったら、ちゃんと頭をさげて」

言われたとおり三吉はお辞儀をした。

「それでは、初めからやってみようではないか」

そこで誠は小太鼓を連打したが、ひと区切り付いたという合図らしい。

「こんなふうにやるんだけどね、信吾さん。しかし、妙だなあ」

「なにがでしょう」

小太鼓を連打した誠が信吾に話し掛けたので、ひとまず終わったと思ったらしく、三吉は着物に袴のまま、その場に寝転がった。誠が睨《にら》んだだけで、三吉はシャキッとなって起きあがる。普段よほど厳しく躾《しつ》けられているのだろう。

「いつもはこっちの言うとおりできんので、何度もやらせるんだがね。信吾さんが見ているからかなあ。それにしても妙だ」

――ちゃんとできるのに、ちょっとのことでガーガーいうから、やる気をなくすんじゃないか。

しょんぼりしていた昨日に較べると、やけに元気、というより生意気である。これが本来の三吉なのかもしれなかった。

――それを言っちゃ喧嘩になる。いいから三吉は静かにしてなさい。

もしかすると、今が唯一の好機かもしれないと、信吾は強く感じるものがあった。相談屋の仕事でもそうだが、そのときを逃してはならないのである。

三

信吾は誠に話し掛けた。

「誠さん。わたしはどういう訳か生き物に好かれましてね。どうやら人間というより、自分たちの仲間だと感じて、気を許してくれるみたいなんです」

一体なにを言い出すんだと思ったらしいが、誠は慎重な言い方をした。

「そういう人がいるとは聞いちゃいたが、なにかの喩《たと》えぐらいにしか思うとらなんだのよ。しかしさっきの、三吉がしがみついたのを見たら、信じん訳にいかんわなあ」

「生き物と付きあっていると、本当に楽しいですよ。人とおなじで、一匹一匹が全部ちがっています。あッ、それよりわたしが感じたと言うか、わかったことがあるんですけど」

「一体なにをだね」

「生き物は、犬にしろ猫にしろ、人の言葉は喋《しゃべ》れませんよね」

「そりゃそうだ。犬猫が喋った日にゃ、うるさくてかなわん」

「だけど人の話すことは、わかっているようです。もちろんこまごましたこと、何月何日とか時刻なんかまで、わかっているとは思えません。ですが、人がどうしろと言っているか、喜んでいるのか怒っているのかなどの、大体のことはわかっているはずです」

「おおよそはな。だが、どこまでわかっているかとなると」

「一匹一匹でちがうでしょうね。頭の良し悪《よ あ》しとか感じやすいとか鈍いとかによっても、おおきな差があると思います。さっき見せてもらってわかったのですが、三吉は飛び切り頭が良くて細かなことも感じられる、稀《まれ》に見るいい猿だと思います」

――そこまで褒められると照れるなあ。

――大事な話をしているんだから、しばらく静かにしてろ。

――おお、怖い。信吾さんも怒ることがあるんだ。

「誠さんは先ほど、いつもは言うとおりできないので、何度もやらせるとおっしゃいましたね」

「ああ。なんであんなにすんなりできたか、ふしぎでならんのよ」

「わたしが見てるからかもしれないとおっしゃいましたが、きっとそうだと思います」

「だからって、やり方や言葉を変えてる訳じゃねえぜ」

「当然だと思います。毎回おなじようにやらないと三吉がまごつきますものね。だけど、ほんのわずかかもしれませんが、誠さんはいつもよりおだやかだったのではないでしょうか。だから三吉も、すなおに芸ができたんだと思います」

「いつもどおりやったがなあ」

「ですが、わたしがいたために、誠さんも三吉も、いくらかよそ行きになったという気がするのですよ。誠さんはいつもはもっと厳しくて、ちょっとのことで叱ったりするので、三吉は逆らってちゃんとやらないのだと思います。あまり押し付けないほうが、いいと思うのですが」

「信吾さんよう、そりゃ言いすぎだぜ。なかなか猿のことがようわかっとると感心して聞いちゃいたが、ちょっとのことで叱るから三吉が逆らうなんて言われりゃ、黙ってられねえよ。おれたちゃそれでずっとやって来たんだ。猿を仕込むにはそれが一番いいとだれもが思うから、続けて来たんだよ。普段の仕込みを見てもいねえのに、素人にわかったように言われちゃ、猿曳きとしての面目もあるから、黙っちゃいられねえ。えらそうに言うなら、三吉を操ってみなよ。生き物には人の言うことがわかるってんなら、話し掛けてみろよ。三吉が信吾さんの言うように動くなりなんなりすれば、おれはおまえさんを信じるよ」

それまでの「信吾さん」が、最後には「おまえさん」になってしまった。信吾を武芸者と言ったくらいだから喧嘩する気はないようだが、この男はこの男なりに腹に据えかねたのかもしれない。

「三吉、こっちへ来なさい」

言われてとことことやって来た三吉は、信吾のまえに立った。信吾の位置からは誠はその右手後方になる。

「なかなか見事な立ち姿だ。ところで三吉も聞いていただろうが、わたしは誠さんに試されることになった。これについては、おまえに力を貸してもらわねばならない」

――やだね。やだよー。試されるのは信吾さんじゃないか。

――三吉が折檻されなくてもいいように、誠さんを説き伏せなきゃならんのだから、やってくれよ。

――ははは、やだねってのは冗談だよ。信吾さん、顔色が変わったもんな。

一瞬むっとなったが、なんとか顔に出さなくてすんだ。誠に仕込まれているときも、喋りこそしないが、こういう生意気さが三吉の表情や態度に出るのかもしれなかった。

――折檻されずにすむなら、なんだってやるよ。

「難しいことを言わなければ、三吉はわたしの言うことがわかるはずだ」

――そのまえに紐を外してよ。着物も。窮屈でたまらないよ。人はこんなもんがよく我慢できるね。

誠が見ているので、不自然にならぬよう気を遣わねばならない。信吾は三吉に言った。

「しかし、いろいろやってもらうには、紐や着ているもんは邪魔だな。よし、紐を外し、着物は脱いでもらおう」

信吾が三吉を繋いだ紐を解《ほど》き、袴と着物を脱がせると、誠は「一体、どういうつもりなんだ。なにを考えていやがる」という顔になった。かまわず続ける。

「では心を鎮めるために目を閉じて、ゆっくりと息を吸い、吐き出すことを、わたしの言うとおりにやっておくれ。では目を閉じて」

誠は「まずはお点前《てまえ》拝見といこうじゃないか」とでも言いたそうな顔をしていたが、「目を閉じて」と言うなり三吉が従ったので、目を剝いたのがわかった。

「では息を吸って吐く、を三回繰り返すからね。三回はわかるだろう」

信吾は三吉の目のまえで人差し指、中指、薬指を差し出した。

「ではゆっくり吸って、吐いて」

信吾が三度おなじ言葉を唱えると、三吉は忠実にそれに従った。腹や胸が膨れ、そして凹《へこ》む。

信吾は三吉だけを見ていたが、視野の片隅で誠があんぐりと口を開けたのがわかった。

「はい。よくできました。心はおだやかになりましたか。誠さんは少しは信じてくれたようだけど、まだ半分は疑っています。三吉はトンボは切れますか」

――トンボ返りくらい、目を瞑《つぶ》っていたってできるさ。

「できるなら、うなずいてください。……そうだろうね。誠さんに厳しく仕込まれているのだから、できない訳がないもの。では、一二三と声を掛けたらやってください。始めますよ。いーち、にーい」

ところが「さーん」と言うまえに、三吉はその場で垂直に跳びあがり、くるりと一回転すると見事に着地を決めた。

「見事なトンボを切ったのはえらいが、言われたとおりしなきゃダメだ。今度まちがえたら折檻だからな」

「きーッ」

三吉が悲鳴をあげた。

「兄さん。本仕込みを、どこで、だれに習《なろ》うたね」

誠とはまったくべつの声に驚いた信吾は、声のしたほうを見てぎょっとなり、思わず仰《の》け反《ぞ》った。ボロ屑《くず》の塊が自分を見据えていたからである。纏めて置かれていたボロだと思ったのは、ボロを着た人、それもなんとも言いようのない老人であった。

頭はわずかに灰色も混じっているが、ほぼ白髪で、しかも蓬髪《ほうはつ》である。鼻と上唇のあいだは凹んで、何本もの縦皺《たてじわ》が走っていた。歯がほとんど抜けているからだ。声がくぐもって、言葉が聞き取りにくいのはそのためらしい。

信吾に向けられた左目は白い膜で蓋《おお》われ、右目は灰色っぽく濁っている。おそらく見えないのではないだろうか。しかし、遠くはなっているかもしれないが、耳は聞こえるのだろう。誠の仕事場で居眠りをしていて、二人の話で目を醒《さ》ましたにちがいない。

だが信吾は、なにを訊かれたのか見当も付かなかった。まず、本仕込みの意味がわからない。

信吾が困惑している理由がわかったからだろう、誠はまず老人に言った。

「爺《じ》っちゃ、起こしてしもうたか。すまなんだ。このお人はたまたま来たんだが、猿曳きじゃねえんだわ」

「そんなこつ、あるめえ。紐を付けんと、ヒコを自在に操っておったでねえか」

「爺っちゃはびっくらこいただろうが、おらもびっくらこいた。だけんど、このお人は信吾さんと言うて、猿曳きではねえの」

老爺《ろうや》は少し考えてから言った。

「兄さん、何歳《いくつ》におなんなさる」

　信吾は初めて、訊かれた意味を汲《く》み取ることができた。

「二十一歳でございます」

「二十一ぃ。ほんじゃ本仕込みはできんわなあ。にわか仕込みならなんとかなっても」

「信吾さんはな、爺っちゃ、生き物は人の言葉は喋れんが人の言うことはわかると、それを三吉を使《つこ》うて見せてくれたんじゃ。信吾さんに仕込みや猿曳きのことをざっと話すけえ、爺っちゃはしばらく黙っとってくれんか」

「よかろう」

　言うなり老爺はその場に横臥《おうが》した。ボロ屑にもどったのである。

「なにから話せばええか。まず爺っちゃは、おれの親方の父っつぁんだ。目は見えんが耳はまだ聞こえる。猿曳き言《ゆ》うんは世間で言う猿廻し、ヒコは猿のこと。仕込みは猿が芸をできるように教えることだな」

　そんなふうに誠は説明を始めた。信吾が知っていたのは、三吉に教えられた猿曳きが猿廻しということくらいであった。

「ヒコが猿だとわかったけれど、すると誠さん。おかしいよ」

「なにが」

「誠さんはこのお年寄りは、目は見えんが耳はまだ聞こえると言いましたね」

「ああ、言うた」

「このお人はわたしを見て、紐を付けんとヒコを自在に操っておったと言われた」

「ああ」

「すると、見えていたということでしょう」

「信吾さん、忘れたのか。自分で言っただろう。三吉の紐を外し、着物を脱いでもらおうって」

「あッ、そうだった」

それにしても、自分が言ったことを忘れるなんて、うっかりにしてもひどすぎる。

「左は見えんが、右はぼんやり、ほんの微《かす》かにだが見えるようだ」

「そうだったのですか」

うんうんとでもいうふうにうなずいてから、誠は説明を続けた。

にわか仕込みは半年くらいのあいだに、いくつかの芸を取り敢《あ》えず仕込んでしまうこと。

本当は芸と言えるほどではないのだが、なんとか猿の芸らしく仕立てるのだ。そして寺社の境内や町の辻《つじ》、原っぱなどの空き地に人を集め、簡単な芸をやらせて投銭《なげせん》で稼ぐのである。

叩き仕込みの別名があるくらいで、憶えられず、ちゃんとできないと体罰を加え、むりやり憶えさせるのであった。それがあまりにもひどいので、三吉は信吾に相談というか、助けを求めたのだ。

本仕込みはまったくちがうやり方で、ちゃんと仕込めるようになるまで六年から八年、人によっては十年掛かるという。

こちらは紐を使わずに、時間をたっぷり使って仕込む。立派な衣裳を着せ、ちいさな傘や扇などの小道具を持たせて、かなり入り組んだ物語などを演じさせる。大名や大身旗本のお屋敷、裕福な商家などの座敷で芸をさせて、投銭でなくご祝儀をたっぷりともらう。

本仕込みの、それもいい芸のできる猿に仕込める猿曳きは、当然だがそう多くはない。爺っちゃは、かつては本仕込みの名人と呼ばれた猿曳きだったそうだ。

信吾が紐を掛けることなく三吉に芸をやらせるのを知って、驚いたということである。だから信吾に齢《とし》を訊いたのだが、二十一だと知って猿曳きであろうはずがないとわかったのだろう。

「誠よ。このお人が来たのはな、おまえに本腰を入れて本仕込みに取り組めと言うとるわしの、後押しをするためじゃ」

横臥していたボロが起きあがって、誠と信吾を見据えていた。老人の眼《め》が鋭い光を発した、そんな気がしたほどだ。

四

「誠、このお人は」

「信吾さんだよ、爺っちゃ。さっき言ったじゃないか」

「名前を訊いたんじゃねえつうの。信吾さんは生き物は人の言葉は喋れんが、人の話すことはわかっとる言うんじゃな」

「ああ、言うた」

「三吉は頭がようて、稀に見るいい猿だとも言うたんじゃな」

「ああ、言うた」

「口が酸っぽうなるほどわしが言うても、耳に胼胝《たこ》で、誠はまるで聞きよらんかった。信吾さんは猿曳きが猿廻しっちゅうことも知らんお人じゃ言うたろう。おかしいと思わんか、誠」

「まあ、妙じゃ。もともと信吾さんは妙なお人でな。三吉が急に逃げ出した思うたら、信吾さんの腰に抱きつきよった」

「怯《おび》えた猿は人から逃げる。まちごうても人には近付こうとせん。三吉が抱きついたゆうだけでも、信吾さんが特別な人じゃゆうことがわかろう」

「正直、おれもあれにはびっくらこいた」

「誠」

「なんじゃ、爺っちゃ」

「わしは齢じゃ。老い先が短い。いつ死んでもおかしゅうない。死ぬまえに、本仕込みをちゃんと伝えておきたい。わしは誠に白羽の矢を立てた。おまえが本物の本仕込みのできる猿曳きになるのを見届けてから死にたい。誠は投銭だけを当てにする猿曳きで終わりたいとは、思うとらんじゃろ」

「そりゃおれだって、爺っちゃの言うことを聞き流していた訳ではない。本仕込みのできる猿曳きになろう思うて、必死に頑張ったことはあったけんど」

「けんど、投げ出しおった」

「むりじゃと気付いたからじゃ」

「なぜに、むりだと思うた」

「なんぼ一所懸命やっても、言うことを聞いてくれん」

「当たりまえじゃ」

「当たりまえって、なにが」

「信じておらんもんの言うことを、猿が聞くと思うか」

「信じておらん、つうのは猿がおれをかか」

「仕込みは人が猿にするもんじゃ。猿のほかになにがおる」

「おれは猿にさえ信じてもらえなんだのか」

「まあ、運もなかったが」

「なんで運が絡む」

「あの猿の名を憶えとるか」

「百紅《ひゃくべに》」

　信吾は「ああ、それで」と思わず声に出しそうになったが、なんとか抑えることができた。こんなところで声を出してはならない。爺っちゃの話が山場に差し掛かったのを、感じていたからである。

「百紅は馬鹿だった。誠が全力を尽くしても本仕込みはできん。誠が投げたとき、百紅の力を読み切ってのことだと思うて、こいつは見込みがあると思うたが」

「おれは見込みちがいだったのか、爺っちゃ。いくらなんでも、ひどかないか」

「さて、話を本筋にもどそう。誠はさっき、信吾さんに三吉を仕込むところを見てもろうたな。あのおり、三吉は一度も失敗《しくじ》らなんだ。なぜかわかるか」

「三吉がすなおに、おれの言うことに従ったからだ」

「誠、よっく聞くのだぞ」

　老爺のそれまで感じることもできなかった気迫に、誠は思わず背を伸ばした。それだけではない。正坐したのである。それまでは立てた膝に顎を乗せ、腕で向《む》う脛《ずね》を抱えていたのだ。よほどなにかを感じたのだろう。

「人を見たら逃げる猿が信吾さんに抱きついた。特別な人だと三吉にはわかったからだ。それを見た誠も、信吾さんを特別な人だと感じたのだ。猿曳きのことをなんも知らん信吾さんに、誠は猿を仕込むところを見せてあげよう、いや、見てもらおうと思うた。それしか考えておらなんだろう」

「あ、ああ」

「三吉にもそれはわかった。だから誠の言うことにすなおに従って、一つのまちがいもせなんだのだ。どうゆうことかわかるか。誠のひたむきな気持を感じ取った三吉は、おまえを信じたんじゃ。誠は百紅に信じてもらえなんだことに気付いて、本仕込みを諦めた。三吉はおまえを信じておる。つまり誠と三吉は、すでに本仕込みに足を踏み入れたということなんじゃよ」

「あッ」と誠と信吾は、同時にちいさな叫びをあげた。

誠は本仕込みの技を習得しようと努力したが、運悪く相手が百紅だったこともあり、挫折するしかなかった。ところが逃げ出した三吉が信吾にしがみついたことが縁で、爺っちゃに猿と本仕込みに関する本質を教えられたのである。

信吾と三吉は口笛による合図を決めていたが、誠はそんなことは知りもしない。爺っちゃも知らないので、となると定められた宿命としか思えなかったはずだ。もちろん努力せねばならないし、苦労は多いだろうが、本仕込みへの道が拓けたのである。

一方の信吾が、爺っちゃの話に声をあげそうになるほど驚かされたのは、話の筋運びの見事さであった。猿曳きの知識がまるでない素人の信吾にも、実によくわかったのである。

これこそ話術の極意ではないか。信吾は相談屋として、相手にいかに明確に、わかりやすく伝えるべきかの、そのやり方を教えられた気がした。

誠が仕込めなかった猿の名が百紅と知って、信吾は「ああ、それで」と声に出しそうになった。しかし、よくぞ黙っていたものだ。あそこで話していたら、なにもかも打《ぶ》ち毀《こわ》しになったかもしれない。

百紅のあいだに日を入れると百日紅《ひやくじつこう》となって、サルスベリのことである。暑い夏のあいだの百日あまり、サルスベリは赤い花を咲かせ続ける。その後、改良されて白や薄紅も作られたが、本来は紅一色であった。

猿の百紅の名前には日が抜けている。日の読みは実《じつ》にも通じるので、実が抜けてはまともな猿とは言えない。信吾が瞬間で思ったのは、その駄洒落《だじやれ》であった。竹馬の友ならぬ竹輪の友と言葉遊び、駄洒落遊びに熱中した信吾は、いまだにそのころの癖が抜けないのである。

「爺っちゃ、おれやるよ。あのときはできなんだが、今度はできそうな気がする」

「気がするどころか、まちがいのうやれる。誠ならやれる。誠、やれ。やってみろ。男になれ」

「ああ、やるとも。やってみせる。これも信吾さんのお蔭《かげ》だ。信吾さんと爺っちゃのお蔭だ」

──なにか忘れちゃいませんか。

「それに、三吉のな」

──本当なら最初に挙げる名前だが、まあいいとしよう。

「よーし、三吉。だれもがあッと驚く芸を、見せてやろうじゃないか」

──押し付けと折檻さえなけりゃ、力になってやらないこともないが。

やはりそれはちゃんと伝えておかねばならない、と信吾は強く思った。

「誠さん」

「なんだい、信吾さん」

「押し付けと折檻さえなければ、三吉はきちんとできると思いますよ。なにしろ稀に見る利口な猿、あッ、ヒコと言うんですよね」

「誠」

「なんだ、爺っちゃ」

「わしの知っとることは、なんもかんも教えてやる。音《ね》をあげんじゃねえぞ。投銭だけの一生を送りてえならべつだが」

「音をあげるもんか。おれは昨日までのおれではねえ。生まれ変わったんだ。爺っちゃと信吾さんと、それに三吉のお蔭でな」

「もしよかったら、仕込むところをときどき見せてもらえませんか。邪魔しないようにしますから」

「いいとも。信吾さんはおれと三吉の縁を結んでくれた、結びの神だからな」

――ということだ、三吉。これで噛み付かれることはないだろう。

――信吾さんのお蔭だ。恩に着るよ。

――よしとくれ。友達として当然のことをしただけだよ。

五

信吾はそのことを波乃に話すべきか、おおいに迷った。そのこととは三吉の悩みである。

波乃は三吉のことをとても気にしていて、自分も誠が仕込んでいるところを見せてもらいたいと言っていた。それを理由に三吉に会いたいのはわかっている。そこであるいはと思って、それとなく訊いてみたがやはりダメであった。

猿曳きは職人でもなければ芸人でもない。と言うより、どちらでもあって、どちらでもないという中途半端な立場にある。

「信さんは特別なんだからな」

通ううちに呼び名は「信さん」と変わっていた。なぜ余所者《よそもの》に見せるのだと言う弟子もいるが、親方の父親、つまり爺っちゃが認めているので、表立ってはだれもなにも言わないとのことであった。

女に見せるなど論外だそうだ。

猿屋町代地の十郎兵衛の見世で三吉と再会した信吾は、誠と話すことができた。たま爺っちゃが加わったことで、思いもしない方向に話が進み、誠が三吉と本仕込みを目指すことになったのである。

折檻の心配がなくなったからだろう、三吉はすっかり元気を取りもどしていた。

その後、信吾はときどき仕込みのようすを見せてもらった。手ぶらで行く訳にいかないので、菓子折や一升徳利《いっしょうどっくり》を提げて行く。

誠も爺っちゃも無類の酒好きだとわかったが、となると生家が料理屋というのはありがたい。両親の営む宮戸屋には、絶品の下り酒が入るからである。

「おお、信さん。見せたいものがあって、楽しみに待っていたんだぜ。三吉が実に肌理《きめ》の濃《こま》やかな芸ができるようになってな。是非見ておくれ」

誠は本仕込みの技を、爺っちゃ直伝で着実に習得しているらしく、会うたびに自信を付けているのが感じられた。

ただ「楽しみに待っていたんだぜ」と言いながら、その目は一升徳利に向けられていたのであるが。とはいうものの、本仕込みに励む猿曳きだ。仕事を終えるまでは、決して酒を口にすることはなかった。

相談屋と将棋会所の仕事もあるので、何日と何日というふうに予定は立てられない。行こうと思っていても、対局を挑んでくる客がいれば応じなければならないし、急な相談が入ることもある。

信吾が三吉の変調に気付いたのは、四、五回目だったろうか。かといってはっきりしたものではなく、なんとなく、とか、どちらかと言えば、という程度であった。

生意気な物言い、といっても言葉にする訳ではないが、心に直接語り掛ける調子が、おとなしくなったのである。口数も減ったようであった。

気のせいかもしれないと思ったが、注意しているとやはり元気がない。話したいと思っても、三吉とだけになれないのである。

実際に喋る訳ではないので、誠がいても話せるではないかとも思うのだが、ごく短い遣《や》り取《と》りならともかく、少し纏まった話となると、とてもできなかった。誠の教える芸は次第に高度になるので、三吉にとってもあまり余裕がないからである。

ある日、爺っちゃの体調があまりよくないので、誠が一人で三吉を仕込んでいた。弟子の一人が呼びに来たが、会話の遣り取りが信吾は理解できなかった。大事な話、身内だけの話には隠語を使うからだ。

「信さん、ちょっと席を外すよ。あまり長くならないと思うが、しばらく三吉の相手をしてやってくんねえか」

「ああ、いいですよ。ゆっくりしてください」

誠は仕事場を出ると襖を閉めた。

——三吉、近ごろ元気がないみたいだな。

——そんなことないですよ。

——だったらいいけど、いじめられたり、まさか折檻なんてことは。

——信吾さんがうまく話を付けてくれたから、地獄が極楽になった。芸さえちゃんとできれば、大事に扱ってくれる。まえとはおおちがいだ。

——折檻されないし、新しい芸を次々に憶えられるということか。

返辞がないので見ると、どことなくぼんやりして目も焦点があっていないようである。心に蟠《わだかま》りがあるとしか思えなかった。ともかくそのままにしておけないのでなにか言おうとしたとき、三吉がつぶやきを洩《も》らした。

——新しい芸を憶えてちゃんとできたら、誠さんはうれしそうな顔をするけど、おいらはちっともうれしくないもん。

——どうして。

——やりたくて、やっているんじゃないからな。

信吾は不意に頭を殴られた気がした。そんなことは、思いもしていなかったのである。

——ああ、そうか。そういうことか。そうだよな。

「三ちゃん生まれはどこですか」で始まる一連の芸を信吾に見せたとき、「妙だなあ」と誠は言った。その理由を問うと、こう答えたのである。

「いつもはこっちの言うとおりできんので、何度もやらせるんだがね。信吾さんが見ているからかなあ。それにしても妙だ」

そのとき三吉はこう言った。

——ちゃんとできるのに、ちょっとのことでガーガーいうから、やる気をなくすんじゃないか。

力ずくでにわか仕込みの芸を憶えさせられるとき、できないと叱られるし、折檻されることさえある。

三吉としてはちゃんとやっているのに、にわか仕込みの目で見ている誠にはそれがわからず、無理押ししていたのだろう。ところがあのときは、誠は信吾に見せるために、細かく気を配りながら三吉に芸をやらせたのである。

それが伏線となり、爺っちゃの絡みもあって、誠は本仕込みに取り組むことになった。

お蔭で三吉は、折檻に怯える心配からは解放された。

喉元過ぎれば熱さを忘れる、の諺《ことわざ》どおりである。叱られもせず、折檻も受けないで淡々と芸に取り組む日々となると、三吉はなぜこんなことをしなければならないのだと、思わずにいられなくなったのだろう。

――だからといって、三吉はどこへも行けないものな。どうやって餌を獲《と》ればいいのかを知らないから、たちまち飢えてしまう。まだ子猿でなにもわからないうちに人の手に渡り、それから猿曳きの親方に売られたんだもの。だけど仕方がない。飢えるとか折檻されるよりはましだと思わなければ、やり切れないものな。

――やっぱり、信吾さんはわかってくれていたんだね。

わかったところで、どうにもできないのがなんとももどかしい。叱られたり折檻されたりすることはなくなったが、そのことによって三吉はもっと根本にある、重大だがどうにもできぬ問題に気付いたのだ。

――信吾さんを心配させちゃったか。でも大丈夫だよ。おいらはおいらなりに生きていくからさ。折檻されないだけでも、とてもありがたいことだからね。

信吾と波乃は相談屋の仕事に関しては、お互いに話すと約束していた。今回は「めおと相談屋」の仕事ではないが、相談事には変わりない。しかも三吉が最初に会ったのは波乃であった。

　黙って話を聞いていた波乃は、最後の「大丈夫だよ。おいらはおいらなりに生きていくからさ」というところで、涙が止まらなくなってしまった。信吾はなにも言わず、泣きたいだけ泣かせた。

　泣き止《や》んだ波乃は真剣な目を信吾に向けた。

「あたしたちで三吉を引き取れないかしら」

「そうしたいけれど、とてもむりだね」

「猿曳きの親方は三両で買ったんでしょう」

「だけど、あれから芸を仕込んでいる。特に今は本仕込みをやっているからね。これは大名家や大身旗本、それに豪商が客で、桁違いのご祝儀がもらえるらしい。十倍出したって手放さないだろう。それよりも波乃は、もっとおおきな問題を見逃している」

「あら、なにかしら」

「万が一、三吉をわたしらが引き取ったとしよう。猿屋町代地には百二十軒の家があるそうだ。そのうちの何軒が猿曳きかわからないけれど、親方には何人もの弟子がいて、それぞれが何匹も仕込んでいる。町全体で百匹や二百匹はくだらないだろう。三吉を引き取ったのを知ったほかの猿たちが、助けてほしいと言って来ても、引き取るなんてできないのだよ」

現実を突き付けられて、波乃は肩を落としてしまった。

「それにしても人って身勝手ですね。お金儲《かねもう》けのために、子猿のときに親や群からむりやり引き離してしまうのでしょう。逃げ出しても猿の世界にはもどれないし、餌の獲り方を知らなければ生きていけない。あまりにも身勝手だわ」

「三吉は自分の置かれた立場がわかっていて、けなげに生きて行こうとしている。わたしらはそれを見守ることしかできないんだよ」

「折檻されないだけでも、喜ばなければならないなんて」

波乃はまたしても手巾を目に当てた。

誠が三吉を仕込んでいるところを波乃は見せてもらえないが、頼めば母屋まで連れて来てくれるかもしれない。元気な顔を見れば、いくらかでも波乃の心は和むだろう。

信吾はお礼をたっぷり弾むつもりだが、もしかしたら誠は受け取らないかもしれなかった。なにしろ、三吉と組んで本仕込みをするきっかけを作ったのが信吾だから。

となると、あれしかないな。極上の下り酒を両手に提げて行けば、誠がダメと言うとは思えない。信吾は波乃に、なんとしても三吉の元気な顔を見せてやりたかった。

邪気と無邪気

一

霜月（十一月）の朔日《ついたち》。

朝の食事を終えた信吾は、八畳の表座敷で茶を飲みながら波乃と話していた。すると将棋会所との境の柴折戸《しおりど》を押して、常吉が母屋の庭に入って来た。

「旦那さま。お集まりのみなさまが、お話があるとのことです」

将棋客のやって来るのは五ツ（八時）まえだが、まだ六ツ半（七時）でいつもより半刻《はんとき》（約一時間）も早い。

「みなさまって」

訊《き》かれて常吉が名を挙げたのは桝屋良作、甚兵衛、太郎次郎、権三郎《ごんざぶろう》、島造、夢道《むどう》、平吉の七名であった。

「わかりました。すぐまいりますと、言っといておくれ」

答えた信吾は、波乃の出した羽織を着ながらつぶやいた。

「そうか、今日から霜月だったね。一年が経《た》つのは早いなあ」

「将棋大会の相談でしょうか」

「顔ぶれからしてまちがいないだろう。それにしても常吉のやつ、順位どおり言えたのは感心だ」

言いながら信吾は、沓脱石《くつぬぎいし》の日和下駄《ひよりげた》を突っ掛けて柴折戸に向かう。

昨年の霜月に参加者を募り、師走（十二月）に将棋会所「駒形」開所一周年記念将棋大会を開催した。

一敗で並んだ桝屋と甚兵衛が決定戦をおこない桝屋が優勝、甚兵衛が準優勝になった。甚兵衛は本番では桝屋に勝ちながら、同率の場合は決定戦をおこなうとの規定で第二位に甘んじた。三位が二敗の太郎次郎、四位が三敗の権三郎、四敗が島造、夢道、平吉の三人で、同率の五位となった。五位、六位、七位の順位決めはやらなかったからである。

賞金は優勝が三両、準優勝が二両、三位が一両だが、成績表は五位までの七名が壁に貼り出された。仕事をしていると自然と目に触れるので、順位が頭に焼き付けられたのだろう。

出入口の格子戸を開けた信吾は、全員と挨拶を交わした。

「お呼び立てして申し訳ありません」

甚兵衛が客たちを代表して言った。

「こんなに早くみなさまがお集まりということは、大会の件ですね」

信吾に答えたのは島造である。

「ガキどもの来るまえにと思うてな」

朔日は手習所が休みで、子供客の集まる日であった。

常吉が用意したのだろう、手焙《てあぶ》りが二つ置かれている。その一つに桝屋、甚兵衛と太郎次郎、もう一つに権三郎、島造、夢道、平吉が手を伸ばしていた。将棋大会の成績順にならんでいるところが、なんともおかしい。

「昨日、だれからともなく大会の話が出ましてね。信吾先生が相談のお仕事で出ておられたので、であれば今日改めてということになって、みなさまにお集まりいただきました」

甚兵衛が信吾先生と言ったのは、おもしろがってのことだろう。

「どうもご苦労さまです」と、信吾は改めて頭をさげた。「そうしますとご意見が出て、おおよそのことはお決まりだと言うことですね。昨年は第一回ということもありましたので手探り状態でしたが、お蔭《かげ》であれこれ考えさせられました」

「たしかに手を入れた部分はあったようですが、なにもかも初めてなのに、席亭さんはよく考えられたと思いますよ」

甚兵衛は今度は席亭さんと言った。

「やってみなければわからぬことはありましたが、大筋ではほぼどなたも納得されたと思います」

　そう言ったのは桝屋良作であった。

　大会参加者は「駒形」の客だけでなく、貼り紙を湯屋、髪結床、飲み屋、飯屋などに貼らせてもらって広く募集した。霜月の晦日《みそか》で締め切ったが、百八十三人もの参加希望者があった。

　三位入賞の太郎次郎は貼り紙を見て参加した一人で、それが縁で常連になっている。もっとも毎日ではなく、仕事の合間を縫うようにして「駒形」に顔を見せていた。

　信吾は申しこみ順に番号を振り総当たり制にした。勝ち抜き戦では、強豪同士が早い段階でぶつかれば負けたほうが消える。運不運もあって、本来の力どおりにならないことも考えられたからだ。総当たり制にすればほぼ実力どおりとなる。

　成績表は名前でなく番号にし、勝った場合は対戦相手の番号のまえに○を、負ければ×を付けることにした。負けが続くと×が並ぶので、参加者にはそれがひどく堪《こた》えるらしい。

　現実問題として、百八十三人の総当たり制をこなすことが不可能なのは、信吾には最初からわかっていた。それに力が接近していればともかく、明らかに差があるのに勝負することは無意味である。

　取り敢《あ》えず総当たり制で進めたが、二、三日もすれば参加者もそれを感じるようになったようだ。そこで信吾は以後の組みあわせを決めるときに、戦いを辞退してもよいとの方法を採った。その場合は、相手番号のまえに△を付けることにした。

不戦敗だが、おなじ負けでも×とは較《くら》べものにならぬほど気持の上で楽だとわかった。つまり対戦して負けたのではなく、勝ちを譲ったことになる。ただそれだけなのに、気持としてはまるでちがうらしい。そのため日が経つにつれて△が増えていった。

成績は×と△に関係なく、○の多さで自然と順位がわかる。

参加者が予想していたより多かったため、当初信吾は組分けすることも考えた。第一回は百八十三人だったので、六十一名ずつ上中下の組に分ける方法である。

組分けには基準がなくてはならないが、日々の対戦の記録は付けていない。そのため信吾の判断でおこなうことになるだろう。自分は上の組だと思っているのに、中の組に入れられた者は不満に思うはずだ。

また日々力を付けている者もいればそうでない者もいるので、第二回目からはどこかで各組の一部を入れ替える必要が出てくる。そのためには上の下の五人と中の上の五人を対局させ、成績に応じて入れ替えるなどが考えられた。これに関しても、参加者に納得してもらわねばならず、やり方によっては不満を持つ者が出てくるだろう。

ああだこうだと甚兵衛とも意見を交わしたが、それが意味を持たないことはほどなくわかった。盤を挟んで坐《すわ》れば年齢や身分、性別に関係なくだれもが対等だから、組分け自体が意味を持たないのである。

「昨年は第一回ということもありましたので、なるべく多くの人に参加してもらうようにしました。将棋大会ですのでどうしても力上位の人が中心となり、途中から対戦辞退の人が増えましたね。今年は昨年の上位十位までの人は優先的に参加していただくつもりです。二十位以内の方の中には、第一回は不本意な結果に終わったが、あれが自分の実力ではない。場合によっては、上位に喰《く》いこめると考えている人もおいでだと思います」

「参加を認めるのか」

「はい。参加は自由、でよろしいのではないでしょうか、権三郎さま」

「三十位以内、いや、それ以下の者にも出たいやつはおろう」

「かもしれませんが、対局が進んで負けがこめば辞退されると思います」と、信吾は言った。「なにしろ参加者は強豪ばかりですから」

「身のほどを知るということだな」

「また当然ですが、今回初めて知った方にも参加していただきます。力のない人は恥をかくのがわかっているので参加しないでしょうから、十位までの人に十名か二十名くらいが加わり、総数で二十名から三十名くらいになるのではないかと考えています。これだと総当たり制にしても、問題はありません」

前年は予想以上の多人数となったので、総当たり制では師走どころか睦月《むつき》（一月）中に終えられないのではないかと心配した。ところが辞退してもいいと変えると、優勝者など上位の目星が付いた時点で一気に△が増えて、師走の二十日に優勝決定戦となったのだ。

力量上位の十名に、われこそはと思う者、それに初参加の外部の者が加わっても、師走の二十日か、もしかすると十五日くらいで終えられるかもしれない。

「その分、大会に出ない人の対局が増えるということですね」

「太郎次郎さんのおっしゃるとおりです。昨年は、出ない人には奥の六畳間で対局してもらいました。参加者が三十人くらいですと、八畳と六畳の表座敷を使ってもらい、奥座敷と板間を不参加の人たちに当てられると思います」

「大会優先のようで、楽しみで指している方に申し訳ないですね」

そう言ったのは桝屋良作である。商家のご隠居は、すぐにそういうところに気を廻《まわ》すものらしい。

「席はあまり厳密に分けなくても、いいのではないですかね」と、提案したのは甚兵衛であった。「大会で勝負している人と楽しみで指している人は、席亭さんにはわかっている訳ですから」

「それは良いお考えですね。大会参加者にしても、終日詰めている人ばかりではないですから。午前だけとか午後だけの人もいらっしゃれば、どこかで都合をつけてという方もおられますし」

見渡したが特に反対はいないようであった。

「野次馬だが」と、権三郎がぶっきらぼうに言った。「見学だの見物だのと有象無象がやって来おったが、やつらは放任するのか」

「昨年は初めてということで、珍しさもあってたくさんの人がいらしたのだと思います。ですが本当に将棋が好きな方でないと、退屈なさると思いますので、今年はぐんと減るでしょう」

「昨年は思いも掛けず、席亭さんが瓦版に取りあげられたこともありましたからね」

「はい、考えてもいませんでしたので驚きました。ですが後半になると次第に落ち着きましたので、あまり気になさらなくてもよろしいかと思います」

「席亭さんを一目見ようと、娘さんがわんさと詰め掛けましたが」と、言ったのは平吉である。「今年はその心配はいらないですよ。嫁さんをおもらいになったからね。波乃さんが相手じゃ勝てっこないと、だれだって思いますもの」

信吾としては苦笑するしかないが、すぐに真顔にもどった。

「それよりも強く感じたのは、参加したくてもできない方が予想以上に多くおられたことでした」

二

「たとえば、いかなる」

そう訊いたのは権三郎である。

「働いている方、お仕事をお持ちの方です。お職人も商人も、ほとんどの人が仕事を終えられるのは七ツ（四時）ごろとなります。ところが『駒形』は七ツで終わりますからね。七ツ半（五時）とか六ツ（六時）までやることもありますが、勝負が長引いたときだけの例外です。七ツまでとなると参加したくてもできないと、何人もの方に言われました」

「会所は日中しか開けておらんのだから、止《や》むを得まい」

「出たくても出られない人が多くては、大会が意味をなしません。てまえは一人でも多くの人、さまざまな棋風の、持ち味のちがう人に参加してもらいたいのですよ。どこに、どんな猛者《もさ》がいるかもしれませんからね。そこで大会中のみ、五ツ（八時）まで開けようと思うのですが」

「しかし、それじゃ席亭さんがきついでしょう。朝の五ツから夜の五ツまでとなると六刻（約十二時間）、まる半日ですからね。師走のあいだ席亭さんが出ずっぱりとなりますと、いくらなんでも」と、少し考えてから甚兵衛は続けた。「こうされてはいかがでしょう。てまえが朝の五ツから夕の七ツ、席亭さんが九ツ（正午）から夜の五ツまでとすれば、四刻（約八時間）ずつですのでなんとかなると思いますが」

「いえ、てまえは対局する訳ではありませんので、多少長くなっても問題ありません。それより甚兵衛さんこそ、きついのではないですか。優勝候補一番手ですから、戦いながらとなればそれだけ不利となります」

「それに甚兵衛さんのことだ。七ツに終えても、ほかの勝負が気になって終わりまで観戦せずにいられぬのとちがいますか」

　島造がそう言うと何人もがうなずいた。

「それはともかく、夜の五ツまで延期の案には同意していただけますね」

「席亭さんは、相談屋の仕事もやっておられるゆえ」

　そう言ったのは、黙って聞いていた夢道である。旗本か御家人の部屋住み厄介と呼ばれる次男か三男かで、身を持ち崩していたが、心を入れ替えて物書きを目指していると噂《うわさ》されていた。

「相談事によっては、相当に時間を取られることもあると思われるが」

「昨年の大会中にあった相談事は昼休みにお会いして、数日後の夜に話を伺いました」

「その夜が使えなくなるのだ」

「その間は、てまえが代理を務められぬこともありませんが」と、言ったのは甚兵衛である。「たしかに夢道さんのおっしゃるとおりですね。少しであればなんとかできても、相談が重なったり、てまえの対局中に相談にまいられると」

「それは心配しなくていいでしょう」と、信吾は自信たっぷりに言った。「ほとんどの方が、伝言箱に連絡して来ます。相談屋に来るからには、よほど困ったことが起きたからだと思われるのが厭《いや》だからでしょうね。母屋にも滅多に来ません。特別な場合を除いて、これまで将棋会所にてまえを訪ねて来た相談客はいませんから」

「なるほど、来づらいでしょうな」

甚兵衛の言葉に信吾はおおきくうなずいた。

「常吉もだいぶわかってきましたので、勝敗表に書き入れたり、手合わせの相手を決めるくらいならできると思います。それに昨年は百八十三人が参加しましたが、二十日に優勝決定戦をおこなえました。六分の一の三十人なら、もっと早く終えられると思います」

「それは考えが甘くはないか」と、権三郎が口を挟んだ。「力量に差があったこともあって、辞退する者が多かったからだ。今年は去年の上位十名に腕自慢たちとなれば、辞退、つまり勝負せずに投げる者はまずおらぬだろう。いてもわずかなはずだ。一局の勝負時間も長くなる。四半刻《しはんとき》（約三十分）や半刻で決着することは、まずあるまい」

「権三郎さまのおっしゃることも、ごもっともですね」

甚兵衛が相鎚《あいづち》を打ったが、信吾としては夜しか時間の取れぬ、力量のある人を外すに忍びない。

「実は二年近く相談屋の仕事をやってまいりましたが、すぐに解決できるとか、直ちに解決しなければならない相談は、意外と少ないことがわかりました。調べ事などもありますので数日で解決することは珍しく、十日とか半月は掛かるのが普通です。ですからなんとかなるはずですし、相談に関しましてはてまえのほうで調整いたします」

「ということならわたしはいいですが、信吾先生、それじゃ奥さんが、波乃さんがウンと言わないのではないですか」

平吉がそう言うと、何人もがにやにやと笑った。信吾と波乃は如月《きさらぎ》（二月）に仮祝言を挙げたので、十月《とつき》にもならないからである。

「将棋会所のあるじ信吾は、見てくれは頼りなさそうだが、あれでどうして亭主関白だとの噂を聞いております」と澄まし顔で言ってから、信吾は話を落とした。「もっとも、話していたのは近所の猫ですが」

「賞金はどうなさいます」と、笑いながら甚兵衛が訊いた。「出すか出さないか。第一回は優勝三両、準優勝二両、第三位一両でしたけれど、これが多いか少ないかなど、みなさまはどうお考えでしょうか」

「勝負となれば勝つか負けるかだ。真剣勝負ならば、敗者は死することもある。優勝者に全額が妥当ではないか」

「権三郎さまは、おっしゃることが少し極端な気がいたします」と、おだやかに口を挟んだのは桝屋良作である。「それに将棋会所ですからね。上位に名が出るだけでも名誉なことですので、賞金はなくてもと考えますが」

「いや、出すべきだ。なぜなら励みになるからな。前回なら桝屋どのの六両総取りだぞ。全額せしめて、甚兵衛どのが地団駄を踏んで口惜《くや》しがるところを見たくはないか」

これには甚兵衛も苦笑するしかない。

「ほかにご意見はございませんか」

信吾が全員を見渡して言うと、夢道が訊いた。

「大会への参加料は取らず、席料を払えばいいということだね」

「なにか、お考えがおありですか」

「いや、確認しただけだ」

「そのことですがね」と、口を挟んだのは島造である。「去年も言いましたが、やはり参加料を徴収しようじゃありませんか。三十名から一分ずつ取れば三十分だから」

「七両二分ですね」

間を置かずに言ったのは桝屋である。換算の速さは、隠居はしていてもさすがに商人であった。島造は目を丸くしたが、すぐに続けた。

「一人二分ならその倍だから十五両。となりゃ、だれもが目の色を変えるからおもしろくなる」

「そのことは、島造さん」と、言ったのは甚兵衛である。「席料をもらっていますから、参加料は取らないことに決まりましたでしょう。その代わり、多くの人に少しずつ寄付を願うことに。その寄付ですが、やはり奉加帳を廻しますか、席亭さん」

「そのつもりですが」

「昨年は第一回ということで、協力してもらえましたが」

そう言ったのは太郎次郎である。柳の下に二匹目の泥鰌《どじょう》がいると思うのは、少し甘いのではないかとの慎重論だろう。

「大金ならともかく、百文、二百文、三百文ですからね」

「すると、やはり筆頭《ふでがしら》はぺー助《すけ》さんということで」

幇間《たいこもち》の宮戸川《みやとがわ》ぺー助に頼んだところ、よくぞ最初に声を掛けてくれたと一朱銀を包んでくれた。それもあって、以後はどこへ奉加帳を持って行っても百文、二百文、三百文を気持よく寄付してもらえたという経緯《いきさつ》があった。

「昨年頼んで今年外すと、気を悪くされるでしょうから」

「芸人だし、信吾先生に恩を感じていますからね」

白犬の体に閉じこめられたペー助が、人にもどる手助けをしたのだが、そんなことを言ってもだれも信じる訳がない。

「貼り紙ですが、あれもほぼ昨年どおりでいいんじゃないですかね、席亭さん」

「多くの方のご要望により、第二回の今回は時間を五ツまで延長します、と明記します」と、信吾は声をおおきくした。「ほかになにかございますか。恒例のとか、浅草師走の名物とおおきく入れましょうか」

「いや、余計なことは書かぬがいい」と、権三郎が言った。「時間を五ツまで、を朱記すべきだな」

表で何人もの下駄の音がしたと思うと、格子戸が開けられた。「おはようございます」という声とともに入って来たのは、十五歳以下の若年組、つまり席料が半額の子供たちである。十人ばかりいるので実に騒がしい。

「おッ、すごい顔ぶれ」

留吉がそう言うと彦一が引き取った。

「てことは、将棋大会の相談じゃないの」

「さすが、これからの『駒形』を背負って立つ若手だけに読みが鋭い」と、まじめな顔で言ったのは甚兵衛であった。「てことは、みなさん出られるようですな」

真顔で言われて顔を見あわせたが、全員の目が留吉に集まった。となると、餓鬼大将もそこは弁《わきま》えている。

「そのことだけどね、二回目には全員で出ようぜって話していたんだ。参加料はいらねえんで、親に迷惑を掛けることでもないし」

「その言い方からすると、見送りだな」と、言ったのは島造である。「となると残念だ。出る杭《くい》は打てというから、大会でこてんぱんに叩《たた》きのめしてやろうと手ぐすね引いていたんだが」

「そうじゃありませんたら」と、留吉も負けてはいない。「おいらたちが上の方に名前を連ねると、大人に恥をかかせることになる。それじゃ気の毒だから、五、六年は見逃してやろうじゃないかって決めたばかりだから」

「それを聞いて安心したぞ」と、権三郎が珍しく冗談を言った。「本当のことを言えば、大人はそろそろやられるのではないかと、戦々恐々、と言ってもわからんか」

「びくびくしていたんでしょう」

若年組では一番口の達者な彦一がそう言ったので、思わずというふうに桝屋良作が噴き出した。それがおかしいというので、たちまち爆笑の渦となった。

「おッ、盛りあがっていますね」

そこに顔を出したのは、髪結の亭主の源八である。

「いけない」と、言いながら首を竦《すく》めたのは平吉だ。「言わんこっちゃない。本人が来

「ちまったじゃないですか」


どんなことでもからかう材料にしようとする平吉は、その場の爆笑を、全員が源八を笑っていたことにすり替えようとしたのだから性質《たち》が悪い。

「平吉さんはおもしろがって、源八さんをからかっているのですよ。第二回の将棋大会の話で、盛りあがっていましてね」

信吾はなんとか取り繕おうとしたが、源八と平吉の溝は、幅も深さも修復がむりな段階にまで進んでしまったのかもしれない。

三

先に常吉に昼食を食べさせて交替で母屋にもどった信吾は、波乃と食事をすると八畳の表座敷に移って茶を飲んだ。生垣の柴折戸を押して母屋の庭に入って来た常吉が、対局のお客さまがお見えですと言った。

将棋会所「駒形」の壁には料金表が貼り出してあって、席料二十文、指南料二十文とある。指南料が安いのは、初心者に初歩的な事を教える程度という意味だからだ。

その横に対局料五十文とあって、念入りに次のように付記してある。

席亭がお相手いたします
負けたらいただきません

これまではすべて払ってもらった。つまり一度も負けていない。

「お客さんはお侍さんです」

「そうか」

信吾は全身を震わせて気合を入れた。相手が武士だと聞いたからではない。対局だぞと自分に言い聞かせたのである。

席亭が客の挑戦を受けて対局するとなると、決まって常連たちが盤を取り囲む。万が一、負けでもすれば信頼は壊れ、来なくなる常連がいるかもしれない。いや、雪崩式に客の足が途絶え、顔を見せるのは家主の甚兵衛だけになることだってなきにしもあらずである。

真顔になって波乃にうなずき、信吾は沓脱石の日和下駄を突っ掛けた。柴折戸を押した常吉に続いて会所側の庭に入ると、番犬が信吾に向かってひと声だけ吠《ほ》えた。

狭い庭なのですぐに格子戸に行き着く。

「お待たせして申し訳ございませんでした。当将棋会所の席亭で信吾と申します。以後お見知りおきくださいますように」

年恰好《としかっこう》は、三十代半ばから不惑というところであろうか。羽織袴《はおりはかま》に威儀を正し、脇差は帯《さ》したままだが大刀は体の右側に置いてある。

「お腰の物をお預かりしてもよろしゅうございますか」と、大刀に目を遣《や》りながら信吾は訊いた。「粗相があってはなりませんので、刀掛けのほうに」

「うむ」

「さようか。ならば頼む」

武士は右手で大刀を摑《つか》むと差し出した。信吾は着物の両袖で受け取り、捧《ささ》げ持つようにして床の間の刀掛けに掛けた。

しばらくのあいだ、若い侍が「駒形」に通ったことがあった。刀を踏んだり蹴ったりしてはたいへんなことになるので、知りあいの古道具屋で刀掛けを買っておいたのだ。

信吾が席にもどるのを待っていたように、常吉が二人のまえに湯呑茶碗《ゆのみぢゃわん》を置いた。武士が、そして信吾が手に取って一口含む。

さて、どう切り出せばいいだろうと思案していると、武士がぼそりと言った。

「本日は非番ゆえ寄せてもろうたが」

信吾は静かにうなずき、続きを待った。あまり口出しせずに、問われたことにのみ答えたほうがよさそうだと判断したからである。

常連客たちが普段以上に静かなのは、二人の会話を聞き逃すまいと耳をそば立てているからだろう。

武士は散策の折に、将棋会所「駒形」の看板を目にして興味を抱いたとのことだ。どのような仕組みというか、対局の相手をどのように決めるかに始まって、なに一つとしてわからない。そもそも武士が利用してよいのかすら、判断が付かなかった。

何度か表を素通りしたものの踏ん切れずにいたが、今日は非番でもあるので思い切って格子戸を開けたとのことだ。小僧が傍《そば》に来て「席料二十文いただきます」と言ったが、あいにくと小銭を持っていない。

壁を見ると料金表が貼りだされていて、たしかに席料二十文とある。その横に対局料五十文と出ているので、どういうことかと訊くと、席亭つまり会所のあるじが相手をするとのこと。ならば席亭をと言うと、呼んでまいりますので少々お待ちをとのことであった。

「そういうことでしたら、説明させていただきます」

相手は武張ったところもなく、あれこれと口を挟みもしなかった。静かにうなずきながら、おだやかに聞いているので信吾はいくらか気が楽になった。

どの将棋会所や碁会所もおなじだが、何度か通っているうちに客たちの腕が自然とわかってくる。力の似通った客同士で話しあい先番を決めて対局するが、席亭が相手を決めて引きあわせることもあった。

二歩、打ち歩詰め、王手放置、筋違い、二手指しが反するという決め事は、どこもおなじである。「待った」は厳禁で、それを口にしただけで負けとする会所もあるが、「駒形」ではそこまで厳しくない。指した駒から手を離せば、待ったが利かないだけである。

「席亭はお若いが」と、壁の料金表を一瞥《いちべつ》して武士は言った。「何歳に相なる」

「二十一歳になります」

「その若さで席亭とは大したものだ」

「いえ、未熟な若輩者でございます」

「遜《へりくだ》らずともよい」と、間を取ってから武士は続けた。「わしが勝てば、対局料は払わずともよいということだな」

「勝敗に関わりなく本日はいただきません」

「武家ゆえということであれば、ほかの客に対し不公平であろう」

「そうではございません。初めてお見えのお客さまは力量のほどがわかりかねます。てまえがお相手しまして、おなじような腕の方を紹介するようにしていますので」

「なるほど理に適《かの》うておる。では一番願うとするか」

一礼すると信吾は駒入れを開け、駒を盤上に出すと玉将を手にした。

「待たれよ、玉将はわしであろう」

「いえ、お客さまが王将で、てまえが玉将を持つことになっております。それが当会所の決まりですので」

そんな決まりはなかったが、通常の対局では上位の者が王将を持つことになっている。客の顔を立てたということだ。

「さようか」

納得したらしく、武士は王将を自陣最後列の中央に据えると、金将、銀将、桂馬、香車《きようしや》を左右の順に並べた。それで大橋流だとわかった。続いて角行、飛車を置き、三列目の中央に最初の歩兵《ふひよう》を、あとは左右へと交互に並べて、縦一列目に最後の歩兵を置く。

伊藤流では桂馬の次に、下から三列目の左端から右端へと歩兵を並べ、次に香車を左から右へ。続いて角行、最後に縦二列目二段に飛車を据えて終わりとなる。

武士が大橋流であったので、信吾もおなじ順に並べた。相手はそれを横目で見たが、なにも言わなかった。そしてお辞儀をすると、対局が始まったのである。

気になってならないのだろう、常連客たちがしきりと盗み見するのがわかった。武士も感じているはずだが、まるで頓着しない。

十数手を指したころであった。堪《たま》り兼ねたように、腰を屈《かが》めて甚兵衛が盤側にやって来た。

「お武家さま、どうかご無礼をご容赦願いとう存じます。もしお許しいただけるなら、拝見させていただきたいのでございますが」

盤面に目を据えたまま、武士は微《かす》かにうなずいた。

「ありがとう存じます」

膝をついた甚兵衛は、さらにいくらかにじり寄った。

ようすを窺《うかが》っていた常連たちが、「てまえも是非に」とか「お願いいたします」などと小声で言いながら甚兵衛に続いた。いつの間にか、八、九人もが取り巻いていたのである。さすがに武士には近寄り難いらしく、多くが信吾側に集まっていた。

「申し訳ございません」と、信吾は武士に詫《わ》びた。「普段から、他人の勝負ほど多くを学べるものはない、機会があればなるべく観戦するように、と奨励しておるものですから」

「わしは一向にかまわぬが、もう少しゆったり坐《ざ》したほうがよくはないか」

「それでは遠慮なく」

とは言ったものの、いくらか武士側へにじり寄った程度である。

武士は「駒形」では上中下の級の、上に位置する実力の持ち主であった。もしもこの武士が常連になり、将棋を指す仲間を連れてきたら、師走の将棋大会に参加するだろうか、などと信吾はそんなことを考えていた。気持に余裕があったということだ。

とはいうものの、信吾は思っていたよりてこずらされた。相手は独特の勝負勘が働くらしく、露骨な罠《わな》はもちろん、さり気ない誘いにも簡単に乗っては来なかった。しかもやたらと粘り強い。

九ツ半（一時）ごろから始めたが、武士が投了を告げたのは七ツ（四時）の時の鐘が鳴ったあとであった。一刻半（約三時間）あまりの長丁場となったのである。

「次回お見えのときのために、お武家さまと好勝負できそうな方々を、紹介させていただきたいのですが」

「おお、さようか」

「昨年の師走に『駒形』の開所一周年を記念して第一回の将棋大会を開催しましたが、優勝しました桝屋良作さん」

桝屋は深々と頭をさげた。

「準優勝の甚兵衛さん」

甚兵衛も桝屋に負けず深いお辞儀をした。

「第三位は太郎次郎さんと申しますが、所用で帰りましたので、またの折に」

そのように信吾は四位の権三郎、同率五位の島造、夢道、平吉の三人を紹介した。差なく戦えるのはそこまでだろうと思ったが、その場にいるので無視する訳にいかず、十位までを武士に紹介した。

「お武家さま。失礼ではありますが、なんとお呼びすればよろしいでしょうか」

相手がぎょろりと目を剝《む》いたので、慌てて信吾は言い足した。

「毎回のように、お武家さまとお呼びするのもなんですので」

「うむ」

「本名を、という訳ではございません。通り名、俳名、号、渾名《あだな》などでもかまいませんが」

「蔵前《くらまえ》と申す」

「わかりました。蔵前さまと呼ばせていただきます」

将棋会所「駒形」のある黒船町の南が三好町《みよしちょう》、その先に広大な浅草御蔵があり、そのまえを蔵前と呼ぶ。武士は咄嗟《とっさ》に思い付いたのだろう。

「第一回と申したからには、第二回も催すのだな」

「霜月の晦日に締め切りまして、師走におこなう予定でございます。第一回は百八十三人の参加がありましたが、多いための弊害も生じましたので、今回は絞りこむことにしました。おそらく三十人くらいになると思われますが、総当たり制でやろうと思っています。今紹介しました方々は参加なさる予定です」

お武家さまはいかがなさいますか、との言葉は吞《の》みこんだ。押し付けはだれだって厭がるが、とりわけ武士はそうだろうと思ったからだ。

「当所は朝の五ツから夕の七ツまでやっておりますが、将棋大会期間中に関しましては、夜の五ツまでおこなうことにします。七ツまででは仕事のため出られない、との声が多かったものですから」

結局、第二回大会に関する主なことは、ほぼ話してしまったのである。

七ツをすぎて帰り支度をする者もいたので、常吉が履物を揃《そろ》えていた。

蔵前は懐から紙入れを出すと、二分金を信吾に渡した。一両の半分だから、将棋会所としては大金である。

「お待ちください。すぐにお釣りを用意いたします」

「いや、先払いとしておいてくれ。毎回、小銭を用意するのは煩わしいゆえ、帳面にでも記しておいて切れたら言ってくれればよい」

「かしこまりました」

「付け忘れたらそちらの損ゆえ、ちゃんと記しておけよ」

蔵前が立とうとしたので信吾は床の間に急ぎ、着物の両袖で大刀を捧げ持って蔵前に渡した。常吉が揃えた雪駄《せった》を履いた蔵前は、見送る信吾にうなずいて見せた。

「楽しませてもろうた」

格子戸を出た蔵前に、常吉が「ありがとうございました」と頭をさげた。

足音がしなくなるのを待っていたように、甚兵衛が言った。

「新しい常連さんができましたですね、席亭さん。しかもお強い」

「だといいですが、続けてお見えになるかどうかはわかりませんよ」

「二分金を先払いしたじゃないですか」と、平吉は興奮している。「席料が二十文だから」

天井を見あげたのは計算のためだろう。

「百六十二回分」と、素早く答えたのは桝屋良作であった。「厳密にいえば百六十二回半となります。一日置きにお見えになっても、一年ほどですね」

そのころは一両換算が六千五百文なので、二十文の席料なら三百二十五回。二分なので百六十二回半となる計算だ。

「席亭さん。帳面を作って、常吉に記録させねば」

ほとんど変化のない日々が続く将棋会所にとって、子供たちの席料値下げ交渉以来の、久しぶりの刺激的出来事であった。

「常連になってくれるとよろしいですが」と、言った甚兵衛は頰を紅潮させている。

「是非ともお手あわせ願いたいですよ。席亭さんとあれだけの熱戦、接戦を繰り広げられたのですから、勝つのはむりとしてもどこまで迫れるか。いや、苦しめられるか」

思いはだれもおなじようで、信吾が「お武家さまと好勝負できそうな方々」として紹介した客たちは、興奮で顔を輝かせていた。

桝屋や甚兵衛なら蔵前と対等、むしろ優位だというのが信吾の感触であった。

四

六日の昼の八ツ（二時）まえのことだ。

「許せよ」

低くて重い声とともに格子戸を開けて入って来た武士が、応対した常吉に言った。

「席亭の信吾とやらに会いたい」

「へい」と答えた常吉が呼びに来るまえに、いくらか腰を屈め気味に進み出た信吾が、その場に膝を突こうとしたときである。武士が信吾の顔に殴り掛かった。

「あッ」という叫び声をあげた者もいたが、ほとんどの客は口を開けたままで声を出すこともできない。信吾が間一髪でそれを躱《かわ》したのを知って、だれもが驚いた。

かろうじて拳を避けることはできたが、信吾は無様に尻餅を搗《つ》いてしまった。相手が第二打を仕掛けなかったからよかったが、追い打ちを掛けられたらひとたまりもない。

ところが、である。

「ダハハハハ」

武士がとんでもない大声で笑ったのだ。

笑ったというより吼《ほ》えたといったほうがいいほどの、まさに豪傑笑いであった。背丈は五尺六寸（一七〇センチメートル弱）の信吾とほとんど変わらないが、細身な信吾に較べ、筋骨隆々たる偉丈夫であった。

顔は陽焼《ひや》けして、くっきりと面擦《めんず》れが見て取れた。道場の「主」とか「鬼」と呼ばれるほど、稽古を積んでいるにちがいない。一目見てそれに気付いたので、信吾の体はなんとか反応できたのである。

「お戯れを」

「許せ。冗談だ」

「冗談ではすみませんですよ、お武家さま。たまたま躱せましたが、でなければ大怪我《おおけが》どころの騒ぎでは収まりません」

「蔵前が、信吾と申す席亭はなかなかの遣い手と見たと言《ゆ》うたので、つい試したくなったのだ」

それでようやく事情がわかった。蔵前に教えられてやって来たということだが、齢《とし》は何歳か若いようである。

「蔵前さまがおっしゃったのは、将棋についてでございましょう」

「身の熟《こな》しからして武芸の心得があると言ったのでな、まさかとは思うたのだが、あれを躱すとは思いもせなんだ」

言いながら武士は、紙入れから取り出した二分金を信吾に手渡した。

「毎回、小銭を払うのは煩わしい。先払いだ。切れたらまた払う」

蔵前とおなじことを言ったのは、事情を聞いていたからだとわかる。

「はい。お預かりいたします。お侍さまのお名前を教えていただいてよろしいでしょうか。帳面に付けて、まちがいのないようにいたしますので」

「柳橋《やなぎばし》である。蔵前に聞いたのだが、初回は腕を見るため席亭が相手するそうだな」

「はい。そうさせていただいております」

柳橋が履物を脱いで座敷にあがったので、信吾は頭をさげた。

「お腰の物を預からせていただきます」

うなずいた柳橋が左手で鞘《さや》ごと引き抜いた大刀を、信吾は着物の両袖で受け取ると、床の間の刀掛けに掛けた。

柳橋が名を出したときには、もしかすると蔵前が先だっての武士の本名かと思ったが、どうやらちがったらしい。将棋会所では蔵前ということになっておる、とでも柳橋は言われたのだろう。

武士が柳橋と名乗ったので、信吾は二人とも偽名だとわかったのである。

相談屋で日常的に偽名や変名に接している信吾にとっては、驚きでもなんでもない。それよりも関心を抱いたのは、果たしてどういう人物かということである。蔵前も柳橋も、興味を抱かせるだけの魅力を秘めているように思えた。

柳橋は蔵前よりさらに南の、神田川が大川に注ぐ河口に架けられた橋で、船宿や料理屋などが集まった一帯も柳橋と呼ばれている。

それにしても、どうせ偽名を名乗るならもう少し気の利いた、あるいは味のある名にできぬものか。仕事絡みとか、馴染《なじ》みの女将《おかみ》の見世があるのかもしれないが、安易に土地に引っ掛けるのはどうもいただけない。

力試しの対局になったが、信吾が玉将に手を出しても、柳橋はなにも言わなかった。蔵前は初めて入った町の将棋会所でのあれこれをおもしろく感じ、柳橋に事細かに話したのだろう。

蔵前はどちらかというと寡黙で必要なことしか話さなかったが、柳橋はそうではない。数手を進めただけで話し掛けてきた。

「それにしても、ようもわしの鉄拳を躱せたものだな。蔵前の話を聞いておったので、であればと容赦なく叩きこんだのだが、空を切ろうとは思いもせなんだ」

「まぐれでございます。自分でも驚いてしまいました」

「偶然であろうはずがない。わしは不意討ちを、それも加減せずに喰らわせたのだ。よほど鍛えておらねば、体は咄嗟に動くものではない。それに町人が武士に突如殴り掛かられれば、動揺して平常心ではおられぬはずだ。だれであろうと狼狽《ろうばい》して、まちがえても『お戯れを』などと言える訳がない。信吾には武芸の心得があろうが」

ないと言えば、柳橋がむきになるのがわかっているだけに認めるしかない。

「武芸と言うほどではありませんが、護身の術を習いました」

「何歳からだ」

柳橋は盤面は見ずに、睨《にら》み付けるように信吾を見ていた。相手は将棋よりも、そちらに何倍もの関心を示しているのである。

「九歳からでございます」

「であろうな」

「と申されますと」

「七歳、八歳では体も心もできておらん。二十歳、いや十七、八歳をすぎてからでは、よほど秀でた者でないかぎり遅すぎる。で、なにを習った」

「棒術を」

「だけではあるまい」

「体術も少々」

「柔術だな。剣術もやっておろう」

客はだれも将棋を指してはいなかった。盤面は見ていても、手はまるで動かない。すべての耳が、柳橋と信吾に向けられているのがわかった。

「蔵前さまには隠し立てできませんね」

「わしは柳橋だ」

「あッ、とんだ失礼を」

「下手な芝居はせずともよい。それにしても余裕があるな」と柳橋は皮肉な笑いを浮かべたが、すぐ真顔になった。「護身の術だけでなく、なぜに剣をやろうと思うた」

「十七歳のある日のことでございました。刃物を抜いたならず者に絡まれたのですが、運よくお武家さまに助けていただきまして」

実はならず者と武士は仲間だったが、そこまで柳橋に話す必要はない。

「それで、やはり剣術も学ばねばと」

護身術だけでなく、剣も習ったことを話さざるを得なかった。将棋会所の客は、信吾が護身術を学んだことは瓦版で取りあげられたので知っている。剣術をやっていることは、できれば隠しておきたかった。しかし、わかってしまえば仕方がない。

となると、どんなことがあっても鎖双棍《くさりそうこん》のことだけは隠し通さねばならなかった。それを使うことを知られただけで、一気に不利になるからだ。

「それが十七歳で、今は二十一歳だな」

「柳橋さまの手番でございますが」

「おッ、そうであった」

言いながら盤面に目をもどしたので、しばらくは静粛が続いた。あちこちで駒音も聞こえるようになった。

ところが長くは続かなかったのである。

「おなじ勝負事という意味で申せば、武芸と将棋は通底しておるのであろうか。それとも本質を異《こと》にするものなのか」

「と申されますと」

「わしは蔵前に、道場でなら四本か五本に一本しか取られぬ。ところが将棋ではその逆なのだ。まず勝てん」

「得手不得手があろうかと思われます。でなければ向き不向きが」

「かもしれん」

「天は二物を与えずと申しますね。すべてに秀でた者がいては、てまえのような凡人はたまったものではありません」

「若い身で将棋会所を開き、わしの鉄拳を苦もなく躱した男がなにを言う」

どう言っても絡まれそうで、黙るしかなかった。だが柳橋はすぐに訊いてきた。

「護身の術はだれに習うた」

「檀那寺《だんなでら》の和尚さまに教えていただきました」

「剣も、であるか。……であろうな。信吾にわしの鉄拳を喰らわぬほどの身の熟しを習得させたとなると、ただの坊主ではあるまい。まちがいのう武士の出だと見たが」

「どうでしょう。そういうことに関しては、一切話していただけないので、見当も付きません」

「僧は俗世を脱した、あるいは世俗を捨てた身だ。おのれの昔を語りなどせぬ」

「超絶と申しますか、とても近寄り難くて、訊くに訊けません」

実は一度だが、「和尚さまはお武家だったのでしょう」と訊いたことがあった。ところが「そういうことは軽々に問わず、心の裡《うち》で思うだけにしておけ」と、撥《は》ね付けられたのである。

「あれ、てまえの手番でしたっけ」

信吾がわかっていて惚《とぼ》けると、柳橋は首を振った。

「みどもの番だ。案ずるな、話してはおっても、頭の中では指し手を考えておる」

「それは、とんだ失礼を」

「常に襷《たすき》を掛けて鉢巻きを締め、用意万端整えて戦えるとはかぎらん。いつ、いかなる事情であろうと、即座に戦えるよう心掛けておらねば、武士の務めは果たせん」

柳橋はおもむろに、人差し指と中指で挟んだ駒を移動させた。

ところがすぐに話し始めるのであった。自分の感じたことや考えたことを、人に話さねばおられぬ性質《たち》らしい。

八ツに始めた対戦は七ツに、つまり一刻（約二時間）で決着した。もっともその半分は、柳橋が話していたのである。

柳橋は蔵前に、道場でなら四本か五本に一本しか取られないが、将棋ではその逆だと言った。それは謙遜でもなんでもなかった。「駒形」であれば上の級の中と下の境程度の力量であろうか。ただし上の上はほんの一握りで、上の中とはかなりの開きがあるのだが……。

柳橋が帰るとその場にいた全員が興奮して一斉に喋《しゃべ》り始めたので、収拾が付かなくなってしまった。両手を挙げて何度もそれを上下させて、甚兵衛がなんとか落ち着かせようとした。でありながら、甚兵衛も心の昂《たか》ぶりを抑えきれなかったようである。

「ともかく落ち着いてください」と、甚兵衛は懸命に訴えた。「どなたさまもおっしゃりたいことがいっぱいあるのは、てまえにもよっくわかります。でしたら、ここは順に願いましょう。まず、権三郎さま」

「それにしても、信吾、いや席亭。ようもあの鉄拳を躱せたものだな」

「ですから、たまたま幸運にも」

「なにを申す。柳橋と名乗ったあの男は、不意討ちを、加減せずに喰らわせたと言ったであろう。席亭はそれを躱した。柳橋の言うとおりだ。よほど鍛えておらねば、体は咄嗟に動くものではない。日々鍛錬しておる武士であっても、あれは避《よ》けられぬ。鼻柱を折られて顔面を血まみれにするなら、まだいい方だ。絶命しかねない」

「諦めなさい、席亭さん」と、その場の者の代弁をするように甚兵衛が言った。「瓦版は売るためにおもしろおかしく書くとか、絡んできた破落戸《ごろつき》が酔っていたなんてことは、あれを見せられては言い訳には使えませんよ」

「ですから護身の術を」

「と言うことにしておきましょう。もう、どなたもおわかりですからね」

「なるほどな。ヤットーをやっていたのか。そうじゃねえかと思っちゃいたんだがね」と、源八が言った。「護身の術くらいじゃ、あの拳固《げんこ》は避けられる訳がない。これくらいはあったものね」

源八が両手で赤ん坊の頭ほどの拳固を作って見せたので、爆笑が起きた。

あとは前年の瓦版の話や、隣家に住んでいた老人が、子供がうるさいと呶鳴《どな》りこんできたとき、信吾がなんとも巧みになだめた話に移った。さらに質屋の息子がイカサマ将棋の罠に嵌《は》まったときの、信吾の見事な処置などに花が咲いた。

なにかあるたびに、信吾は胆《きも》が据わっていると驚かされたが、武芸の心得があればこそと、だれもが納得したようである。

「さて」と、改めて甚兵衛はその場の人たちを見渡した。「おなじお武家でも、蔵前さまと柳橋さまは、まるでちがってらっしゃる。それにしても、ああまでちがうものですかね」

いいお年寄りにまじめな顔で言われると、信吾はついからかわずにいられなくなる。

「おなじ商家のご隠居さんでありながら、甚兵衛さんと桝屋さんの開きはたいへんなものですからね。お二人に較べたら、蔵前さまと柳橋さまのちがいは、ほんのわずかだと思いますが」

「それはちがうでしょうが。甚兵衛さんと桝屋さんには、ちがいよりも似通っているところがずっと多いですよ」

源八がそう言うと、目の敵にしている平吉が混ぜ返す。

「源八つぁんが手も足も出ないというほかに、お二人には似たところがありましたっけ」

「甚兵衛さんも桝屋さんも、将棋が強いだけでなく、怖くて色っぽい話が滅法得意だ」

子供客がいないとき、若き日の恐ろしい体験に話が弾んだことがあった。甚兵衛と桝屋良作も、飛びっきり怖い思い出を披露したのである。それがともに女絡みで、なんとも際どい話だったのだ。

信吾は思わずというふうに手を叩いた。

「きれいに落とされましたね、源八さん。似てる似てないは、簡単に言えないのかもしれません」

「二人のほかにも来るだろうか、お侍は」

そう言ったのは島造だが、口振りからするとあまり歓迎しているようではない。ほかにもそう感じた者はいたらしく、何人かに見られて島造は言った。

「お武家となると気を使わなきゃならんし、窮屈になるに決まっているからね。なんせ二本差しが相手じゃ胡坐《あぐら》をかけんだろう。両膝揃えて行儀よく坐ってりゃ、すぐに痺《しび》れが切れちまう」

「蔵前さまは無口で柳橋さまは話好きですが」と、桝屋良作が島造に笑い掛けた。「お二人とも趣味人とお見受けしましたよ」

「だとしても、お侍をまえに町人が胡坐はかけませんぜ」

「てまえは胡坐をかきませんので、むしろ膝を揃えて坐ったほうが楽です。それにお二方は、将棋盤をあいだにして向きあえば、だれもが対等だと弁えてらっしゃると、てまえは見ておりますが」

　第一回の優勝者にそう出られては、島造もそれ以上は口にできない。

「それにしても席亭さんは大したものです」と、感心しきったように甚兵衛が言った。

「よくあの場面で、柳橋さまを蔵前さまなどと惚けられましたね」

「つい、うっかりと」

　黙っていれば武士を揶揄《やゆ》したことを認めてしまうので否定したが、どうやら甚兵衛には気付かれていたようだ。

「ほかにも来やすかねえ、あのお二人以外のお侍さん」

「源八つぁんが勝てるお侍が来りゃ、いいんだけどね」

平吉はそう言ったが、そんな弱い武士が来る訳がないとの思いがこめられているのがわかって、源八は厭な顔をした。

信吾はそれには気付かなかったように、ほかの常連に話し掛けた。

「もしかすると蔵前さまや柳橋さまも、大会に出られるかもしれませんね。夜の五ツまでやることにしたと言っておきましたから」

「ああ、出るだろうよ」と言ったのは、御家人崩れだと言われている権三郎である。

「武士と言っても懐は寂しいからな。賞金の三両は馬鹿にならん。三位の一両だって、口から手が出るほど欲しかろう」

あるいはそれは、権三郎の本音かもしれなかった。三敗で四位となった権三郎は、勝敗一つの差で賞金をもらえなかったのである。

五

第一回の将棋大会は手探り状態ということもあり、思い付きに従って進めるしかなかった。それもあって大会参加者の受付は、霜月下旬の開始となったのである。

今回は朝の五ツ（八時）から夜の五ツまでと時間を長くしたことで、昨年とはちがった顔ぶれが参加すると考えられた。そのため十日に募集の告示を、湯屋、髪結床、飲み屋、飯屋などに貼らせてもらうことにしている。

眼目は、「多くの皆さまのご要望により、今回は時刻を五ツまで延長します」と入れたことだ。権三郎の助言どおり「五ツまで延長」部分を朱記した。

なお、賞金は第一回とおなじ、優勝三両、準優勝二両、第三位一両となっている。

「昨年よりかなり多い寄付が集まると、てまえは踏んでいるのですがね」と、甚兵衛が信吾に言った。「席亭さんの武勇伝絡みで、瓦版に将棋大会のことが紹介されて評判になったでしょう。壁一面に花（寄付）の御礼《おんれい》を貼り出したのが、大会の見学にお見えの方のあいだで話題になって、とてもいい宣伝になったようです。だったら寄付するんだったと、口惜しがっている人が多かったですよ」

そういえば、寄付をしてくれた人が何人も来ていた。瓦版を見て集まった人たちから、花の御礼の噂が広まったからだろう。どんな人や見世が寄付を弾んだのだろうと、それをたしかめに来た人がいたということである。信吾にすれば思いもしない反響であった。

「瓦版で取りあげられたのは、たまたまでしたから」

昨年、二日目に姿を見せた瓦版書きの天眼《てんがん》は、これじゃ書いたって売れやしないと言っていた。ところが金を包ませようとやってきた破落戸を信吾が撃退したので、それを記事にしたら評判を呼んだのだ。

「前回は初めてだったので、物珍しさもあってたくさんの人が来てくれましたが、どういうことかわかってしまえば」

「それも考えられないことではありませんね」と言ってから、甚兵衛は思案した。「ですが花の御礼として寄付してくれた方々のお名前を、壁に貼り出したのが効きました」

「今年も貼り出すつもりですが」

「思った以上に寄付が集まった場合は、賞金額を増やしてもいいと思うのですがね。あるいは、賞金授与のときに発表するのも一興です。思ってもいないでしょうから驚くだろうし、評判にもなります。となると翌年の寄付が、一気に増えるって寸法で」

「そううまくいけばいいですけれど」

「賞金を増やしておいて、寄付が集まらないので昨年とおなじにします、とは言えませんからね。そうなれば席亭さんが自腹を切るしかなくなります。ですから今回は昨年とおなじ三両、二両、一両にしておきましょうか」

　慎重すぎるという気がしないでもないが、それがお年寄りの知恵というものだろう。どこかで勇み足のような失敗をした体験を踏まえ、甚兵衛は言ったのかもしれなかった。

　そのような経緯で、賞金は前年どおり据え置きとなったのである。

霜月の十日になった。

常連客たちに朝の挨拶をして茶を喫すると、信吾はあとを甚兵衛と常吉に頼んで、まずおなじ黒船町にある「鶴の湯」に出向いた。

「これなんですがね」と、参加者募集の貼り紙をあるじに見せた。「今年も是非、鶴の湯さんにご協力いただいて」

「いいとも。お易《やす》い御用だ。目立つところに貼っときな」と言いながら、あるじはふむふむと全体に目を通した。「へえ、夜の五ツまでやんのかい」

「朝の五ツから夜の五ツまでですので、もしかすると鶴の湯さんにも参加願えるのではないかと思ったのですが……」

江戸の湯屋は夜の五ツに湯を落とし、片付けて床に就く。朝風呂を浴びる江戸っ子は多いが、特にお職人はそうであった。そのためまだ真っ暗なうちから、湯船に水を汲《く》み入れて、沸かさなければならない。

番台には夫婦が交替で坐るが、亭主は大工の所を廻って、切り落としたり半端になった木屑《きくず》を、燃料とするため大八車で集める。

それだけではない。湯温を一定に保つために、絶えず釜と焚《た》き口を見ていなければならなかった。時間は取れないことはないが中途半端で、とても大会への参加はむりだろう。

「お蔭さまで、昨年は百八十三人もの方に出ていただきましてね。それでなにかとわかったこともありますので、今年は参加者を、昨年十位までに入った人と、われと思わん方に絞ります。多分、三十人くらいになると思っているのですが」

「だけど、総当たり制なんだろう。三十人なら一日一人として三十日。一日に二人で十五日となるなあ」

「厳しいですかね」

「賞金が三両と聞いたんで、……あッ、今年も三両なんだろ。増えたり減ったりはしてねえよな」

「ええ、おなじです」

「みすみすもらえる三両を、指を銜《くわ》えて見送らなきゃなんねえってのは業腹だが」

「なんとか、鶴の湯さんにも出てもらえるような方法を、考えてはみますが」

「人それぞれに都合があるから、少しでも多くの人が出られるようにするしかねえもんな。残念ながらおれは出られねえが、そのかわり客には宣伝しておいてやっから」

「よろしくお願いします」

信吾はその足で「亀床」へと向かった。といってもすぐ隣である。亀床のあるじは将棋は指さないが、客には声を掛けておくよと言ってくれた。

湯屋と床屋は大抵の町内に一軒ずつだが、何軒もあるおおきな町もあれば、二つの町に一軒というところもあった。信吾は北側の諏訪町や駒形町《こまがたちょう》、さらに北に位置する材木町《ざいもくちょう》、南の三好町、元旅籠町や森田町《もりたちょう》などの湯屋と床屋、さらに西の町々、そして飲み屋や飯屋にも貼らせてもらった。

だが飲み屋では、頼むだけという訳にもいかないので、お礼代わりに一杯だけ引っ掛けてしまう。一杯だけではあっても、けっこうな軒数になるので、帰るころにはすっかりできあがっていた。

将棋を指す武士はもう一人増えたが、蔵前や柳橋よりはずっと若くて二十歳前後だろう。二人に教えられて、おもしろさがわかりかけたばかりのようだ。腕は中級の中というところであった。

名は両国。蔵前の南に柳橋があり、そのすぐ南が両国である。三名とも地名となるとあまりにも芸がなくて、笑う気にもなれない。しかも両国まで二分金を前払いしたとなると、なにをか言わんや、である。

信吾は幇間の宮戸川ぺー助に、今年も奉加帳の筆頭になってもらった。

前回、信吾は夜になってから花川戸町《はなかわどちょう》のぺー助の借家に出向いたが、売れっ子の芸人が夜なのに家にいる訳がない。信吾が女房のセツに奉加帳を渡しておくと、翌日の昼の八ツ（二時）にぺー助が「駒形」にやって来た。しかも一朱銀を包んでくれたお蔭で、あとの寄付集めがすっかり楽になったという経緯があった。

そして今日。

藤《ふじ》の木《き》茶屋の羽二重団子と川口屋のさらし飴《あめ》を用意して、信吾は朝の四ツ（十時）に花川戸に出掛けた。「将を射んと欲すれば先《ま》ず馬を射よ」の格言があるが、団子が女房セツの、飴が娘スズの好物である。

お土産のせいではないだろうが、信吾は歓迎された。二回目の将棋大会だと知ってぺー助はとても喜んでくれたが、今年はなんとしても一分取ってくれと言って退《ひ》かない。

「人気者のぺー助さんだからわからぬでもないですが、少ない額を多くの方にと思ってやっておりますので、できれば昨年とおなじ一朱で願えませんか」

「人気ほど当てにならないものはありませんぜ。あっしは人気の怖さってもんを、厭というほど思い知らされましたからね。できるときに、できることをやっておきてえんでさ」

「えッ、どういうことですか」

「信吾さんは、見世を弟の正吾さんに任せるとのことですが、宮戸屋のご長男だ。だったらご両親や大女将から、お聞きなさったはずですがね」

「なんのことでしょう」

「それはないでしょう、宮戸川ぺー助のことを話してんだから」

突っこまれても見当が付かないので戸惑うしかない。じっと見ていたぺー助も、信吾が芝居をしているのではないとわかったようだ。

「なにも聞いちゃいねえようですね」

「まえにも言ったと思いますが、料理屋の女将や仲居は、お客さんのことに関しては、どんなことがあっても人には話しませんから。その点、相談屋とおなじなんですよ」

「自分で言うのもなんですが、あのあとなぜかあっしはもてはやされまして」

「あの」とは、おおきな白犬の体に閉じこめられたペー助が、人の体にもどれたことを指しているのだろうか。信吾は相談には乗ったものの、自分がペー助を人にもどしたなどと思ってもいない。ところが本人は信吾のお蔭でもどれた、と思いこんでいるらしい。

「もてはやされて天狗《てんぐ》になってた訳じゃありませんが、アッと言う間に人気が地に落ちましてね」

さすがに言いにくそうであったが、「ほかならぬ信吾さんだから話します」と、打ち明けてくれた。

ペー助は幇間には類を見ないというか、まるで不利な男である。六尺(約一八〇センチメートル)と長身で、無駄な肉は付いておらず、男にしては色白であった。目はおおきくて黒目勝ちで、眉も鼻も整ってすっきりした顔立ちをしている。役者にしてもいいような優男《やさおとこ》であった。

自分より遥《はる》かにいい男を、座敷に呼ぼうという酔狂な旦那はそう多くはない。ただ、中には変わり者や臍曲《へそま》がりもいる。人気の力士を供にするのとおなじで、ペー助を連れ歩いて大得意な旦那もいない訳ではないのだ。

そんなある日、ペー助を贔屓《ひいき》にしている旦那が、客と芸者を遊ばせていた座敷で頭ごなしにかれを罵倒した。旦那だお大尽だと言われていた男が怒り狂ったのだから、女将がいくら執り成してもどうにもならない。

するとそれを知ったほかの旦那たちが、だれもペー助を連れ歩こうとせず、座敷に呼ばなくなったのである。

背丈があって色白な、役者にしてもというい男である。女たちにもてるので、男である以上旦那がおもしろいはずがない。ほんのちょっとしたことで、抑えが効かなくなってしまったのだろう。

自分の男っぷりがいいので旦那が嫉妬して、などと本人の口から言える訳がない。ほのめかしに近い語りから、信吾が汲み取ったのはそういうことであった。

ところが……。

「捨てる神あれば拾う神あり、はまさに名言ですね、信吾さん」

まるで声が掛からなくなり、「二人が食べてゆくくらい、あたしがなんとかしますから」とセツに言われても、そこは芸人である。座敷が掛からなければ、自分に価値がないからだと思うしかなく、すっかり落ちこんでしまった。

ある日、日本橋の「百川《ももかわ》」から使いが来た。「今宵、七ツ半（五時）に是非お越しいただきたいとのことです」と、それしか言わない。どこのだれがペー助を呼んだのか、まるでわからないのである。

呼ばれた以上は、芸人であるからには従うしかない。

悪質な冗談やからかいではないだろうかと思いながら、言われた座敷に案内されると五人の男が静かに談笑していた。その人に座敷に呼ばれたのは初めてだが、そのうちの一人はペー助のよく知った人物であった。いや、幇間で知らぬ者はいないだろう。日本橋室町《むろまち》の塗物問屋「恵比寿屋《えびすや》」の大旦那、多左衛門《たざえもん》である。一刻者《いっこくもの》としても知られていた。

満座で罵倒されてからというもの、ペー助はすっかり神妙になっていた。だれからも、どこからも声が掛からなくなって初めて、自分が幇間の分を弁えていなかったことを、思い知らされたのである。

ペー助の師匠は、耳に胼胝《たこ》ができるほど繰り返したものだ。

「旦那衆は幇間に、おもしろおかしい話を期待しているのではない。幇間の仕事は旦那の話を聞いてあげることだ。だれだって人に自慢したくなるような話を持っているが、得意になって喋るほど野暮なことはないからね。訊《き》かれたので仕方なく話すというふうに仕向けて、旦那の話を引き出すのが幇間の仕事なのだ。語らせて感心したように相鎚を打つ。自分からは喋らず、相手の言ったことにさも感心したようにうなずく。話すとすればせいぜい、なるほど、とか、さすがでございます、あるいは、思いもできませんでした、くらいに抑えておくのだぞ」

恵比寿屋の多左衛門に呼ばれた席で、ぺー助は師匠の言葉を遵守したのである。多左衛門を始めとしてその座敷にいたのは、江戸でも豪商として知られた旦那衆であった。師匠の教えを守って控え目に接し、相手が話しやすいように仕向けることに徹したぺー助は、多左衛門たちに気に入られ重宝されることになった。

ぺー助が干された事情を知っている旦那衆や幇間仲間、料理屋のあるじや女将はおおいに驚いた。だが気紛《きまぐ》れな多左衛門のことだから、ぺー助はどうせまた干されるだろうと見ていたらしい。

多左衛門は五尺（約一五〇センチメートル）に足らぬ、小柄で顔に痘痕《あばた》のある、さえない老人である。それが大男で役者のようにいい男を連れ歩く。しかも無口で無愛想だった多左衛門が、さも楽しそうに笑顔を見せるようになり、それが一時的なものではなかったのである。

多左衛門が良さを見抜いたとなると、あいつはどうして大した芸人らしいと、ぺー助を見る目が一変した。

「恩人に対してこんなことを言っちゃいけませんが、多左衛門の旦那は世間の連中のいい加減さを浮き彫りにして見せたかったんだ、とあっしは思うんですよ。ほかの者にはできなくても、この自分にならできるはずだと」

つまり贔屓にしてくれている旦那に罵倒され、徹底的に叩かれて人気が地に落ち、だれも見向きもしなくなったペー助を、人気者に仕立て直そうと考えたにちがいないと言うのだ。そのため多左衛門は、常に座敷に呼ぶようにしたのである。

一方のペー助は幇間の道を踏み外したことに気付き、ひたすら師匠の教えを守ろうとしていた。多左衛門は世間を試すために利用しようと思っていたのに、当の本人は別人となっていたのである。

座敷に呼ぶと、思っていたより遥かにおもしろく楽しい男であった。なんともうまい具合に歯車が嚙《か》みあったのである。

「もっとも、いつ元の木阿弥《もくあみ》になるかもしれない、との覚悟はしておりやす」

人はいつどうなるかわからないが、それでダメになるかさらなる飛躍を遂げるかは、本人の心掛け次第なのだと、信吾はペー助の話になにかと感じずにはいられなかった。

いつしかペー助は、「空きができたら是非うちの座敷にも」と声が掛かるほどの、売れっ子になっていたのである。それを自慢するでなく、むしろ控え目にペー助は話した。いや感じさせせ、わからせたのである。

「本当であれば一両を願いたいところですが、たかが芸人が、とか、人気を笠《かさ》に着やがって、などと陰口を叩かれかねませんので」

そこまで言われたら、信吾としても一分金をありがたく頂戴するしかない。

効果は絶大なるもので、前年に百文出した者は二百文、二百文は三百文、三百文は五百文となった。それ以上出すと言う人もいた。寄付なのでありがたく受け取ればいいのに、なるべく多くの人に少しずつとの最初の思いを貫くため、律儀にも信吾は五百文を上限とした。するとそれが評判となったのである。

ある商家で寄付してもらって見世を出ると、「信吾さん、素通りはないでしょう」と隣家に引き入れられたこともあった。前年断られた商家の番頭が、近くに来たついでだと、「駒形」まで来て寄付してくれたこともある。

まさに、ぺー助さまさまであった。

六

信吾は甚兵衛と話しあって参加申しこみの受付日を、将棋会所内の客は十五日、案内の貼り紙で知った一般客は二十日からとした。五日の空きを作ったのは、会所の客も毎日来られる人ばかりではないからである。不定期に来る客の中にも、そこそこ強い人は何人かいた。

受付日を十五日とした理由はもう一つあって、手習所が休みで子供たちが集まる日だったからだ。子供はあちこちで話すので、噂となって界隈《かいわい》に広まることを期待したのである。そのため募集の告知を、十日に貼らせてもらった。

十五日の朝となった。

五ツまえに信吾が将棋会所に顔を出すと、前大会の一位から十位までのうち、ほとんどの人が顔を揃えていた。信吾にとってこれはありがたかった。参加者登録は、まずその人たちに順に申しこんでもらいたかったからだ。

しかし信吾は集まった面々に、そのことを告げなかった。

ある客が来るのを待っていたからだが、その客とはハツであった。ハツは昨年、若年組としてはただ一人だけ大会に参加していた。一時は九位になりながら、最終的には十二位で終わっている。

十歳の少女にしては大健闘だが、果たして本人の思いはどうだったろう。信吾は会所の客だけが相手なら一桁の成績をあげると見ているが、外部からの参加者が加われば、どの程度戦えるだろうか。いずれにしても、十一歳になったハツの成長ぶりが楽しみであった。

すでに大人が三十人ほどに子供が十人あまりと、いつもより多くが集まって対局を始めていた。六畳の板間には子供たちが集まり、常吉が解説付きで直太との対局を進めている。

五ツ半（九時）に大小の下駄の音がしたと思うと、格子戸が開けられ、ハツが挨拶して客たちが思い思いに返した。

ハツの対戦者はすでに決まっている。祖父平兵衛の相手が決まって座を占めたので、頃よしと見て信吾は立ちあがった。

「みなさまにお知らせがございます。今年も昨年に続き、師走の朔日から第二回の将棋大会をおこなうことになりました。ただいまから参加受付を始めたいと思います。お見えでない方もいらっしゃいますが、優勝された桝屋良作さんをはじめ、十位までの方には是非とも参加のほどを。そちらに」と、信吾は文机《ふづくえ》を示した。「紙と硯《すずり》や筆の用意をしましたので、畏れ入りますが桝屋さんから順にご記入願います。十位以下の方も腕を撫《ぶ》していらっしゃるでしょうから、奮ってご参加のほどを願います。それと多くの要望がありましたので、今回は夕の七ツではなく夜の五ツまで会所を開けます。前回、時間の関係で出られなかった方も参加されるでしょう。なお、一般の方の受付は二十日からといたしました」

一度坐ってから信吾はすぐに立ちあがった。

「大事なことを忘れていました。賞金は昨年とおなじく、優勝三両、準優勝二両、第三位一両といたします。なお、勝率が並んだ場合は、決定戦をおこなっていただきます」

賞金に触れたところで座が沸いた。「なんだ、去年といっしょか」と、落胆したような声も混じっている。

桝屋良作から順に、参加申しこみの記入が始まった。しばらくはだれが優勝するだろうとか、外部からどんな人が参加するだろうかなどと、話が弾んでざわついていた。ところが十位までの人の記入が終わっても、あとが続かない。

「ハツさんは出てくれるのでしょう」

「え、ええ」と、ハツはちょっと困ったような顔になった。「だけど、十一位の方の次にします」

信吾が十一位だった正次郎に笑い掛けると、相手は頭を掻《か》いた。

「去年だって、やっとこさの十一位でしたからねえ。夜の五ツまでやって、去年出られなかった強い人が出るんじゃ、わたしはとても上位には入れません。恥をかくのがわかっていますから辞退します」

「それは残念ですね。では、ハツさん」

信吾がそう言うと、板間の子供たちが一斉にこちらを向いた。

「ハツさん、頑張れ」「頑張れ女チビ名人」などの声に、客たちがドッと笑った。温かな笑いであった。

「強くなってるもん。今年は十位以内に入れるよ、きっと」

自信たっぷりに言ったのは留吉である。困ったような顔になったハツは、対戦相手にちいさくお辞儀して文机に向かった。

ハツが書き終わると、しばらく間が空いたが、五月雨式に記入者が筆を執るようになった。かなり迷った人もいれば意気込んでいる人もいたが、十一位から二十位までのうち、申しこみが四名だったのは、全員が来ている訳ではないからだろう。二十一位以下からも三名が加わったので、十位までが全員出るとして十七名となった。二十日の外部の人の受付までにも、数名が申しこむはずだ。

あとは貼り紙を見ての参加者だが、七ツまでなら出られなかった人がどの程度になるか、そちらはまるで予想が付かない。

昼になった。

近所から通う客や子供たちは食べに帰る。ハツと平兵衛は弁当を持参していたが、ほかの客は何人かずつ組になって食べに出た。第二回の大会のことで、なにかと話したいことがあるにちがいない。

客の店屋物を頼みに走らなくてすんだので、常吉はいつもより楽ができてほっとしていた。

飯屋や蕎麦屋《そばや》に食べに出掛けた客のもどりはいつもより遅かったが、それでも九ツ半（一時）にはすべて帰っていた。午前中の勝負が指し掛けになっていた組もあるが、力の近い者同士で話が付き、次々と対局が開始された。

「許せよ」

入って来たのは柳橋であったが、すぐに頓狂な声を出した。

「おッ、例のあれであるな」

格子戸を開けて入った目のまえの壁には、大会の案内が貼られている。

「柳橋さまも、是非ご参加ください」

「考えておこう。むッ、子供も指しにまいるのか」

「本日は手習所が休みなものですから」

「なんと」

柳橋の見開かれた目は、板間で対局するハツと紋、その周りに集まった男児たちを見ていた。

「女児ではないか。何歳に相なる」

「十一歳と九歳でございます」

返辞のできない二人に替わって信吾が答えた。余程意外だったらしく、柳橋は目を逸《そ》らそうとしない。

「盤をあいだに置けば、身分も年齢も関係なくなるが、となれば男女の区別もない訳だ。それにしても十一歳や九歳の女児がなあ」

女児というだけでそれほど驚くならと、信吾は悪戯心《いたずらごころ》を起こした。

「ハツどのは昨年の大会では、百八十三人中の十二位でした。もしよろしければ、柳橋さまも対局なされてはいかがでしょう。もっとも対戦を望まれる方が多くて、すでに何番も先まで予定が決まっておりますが」

ハツが顔を赤らめながらお辞儀した。

信吾は大刀を受け取りながら、柳橋を空いている席に案内した。客たちを見渡すと、夢道は相手が決まっていないようであった。

「夢道さん、柳橋さまと対局をお願いできませんか」と訊いて、返辞を待たずに柳橋に言った。「大会では五位になられた実力者です」

「三人いる五位のうちの一人ですが」

弁解するように夢道が言った。

「柳橋さまとでしたら、伯仲していると思われますので、是非」

「席亭がそう申すなら願うとするか、ムドウどの」

「夢の道と書きます」

信吾が説明すると夢道は頭をさげた。

あるいは断るのではないかと思ったが夢道は受けた。実力どおりであれば、九割以上の確率で夢道が勝つと信吾は見ている。

相手が武士なので臆すればどうなるかわからないが、夢道が自分を喪《うしな》うようなことはあるまいと信吾は踏んでいた。なぜなら夢道は旗本か御家人の次男か三男とのことなので、意地もあって柳橋の鼻を明かすはずだと思ったからだ。

八ツ（二時）の鐘が鳴って程なく、甚兵衛が信吾の傍にやって来た。

「席亭さんに相談しなきゃならないことができたのですが、ちょうど桝屋さんも手が空いたので好都合です」

「でしたら、奥の部屋に移りましょうか」

奥の六畳間は常吉が寝起きしているが、客が多ければ対局に使うこともある。今は空いていた。常吉に手焙りを用意するよう命じ、板間を通って奥の座敷に移った。

三人が座を占めると、ほどなく常吉が手焙りを持って来た。

「大会のことですが」と、すぐに甚兵衛が切り出した。「問題は二つありましてね」

夜しか時間の取れない人の参加を認めたことで、問題が生じるのではないかと甚兵衛は言った。

「一つ目としまして」

朝から来ている人は夕刻までに二、三局、多ければ四、五局の対戦をすませている場合がある。昼食後に来る人は朝からの人よりは少ないものの、それでも何局かは戦っているはずだ。

そんな人が夜になってやって来た人と対局すれば、疲れているだろうから不利ではないかと言うのである。なぜなら相手はそれが初対局になるからだ。

「夜しか来られない人は、夕刻まで仕事をなさっているでしょう」と、桝屋がおだやかに言った。「どのようなお仕事かにもよりますが、それなりにお疲れのはずです。場合によっては、朝から来ている人や午後からの人に較べて、不利と言えるかもしれません」

「それは承知していますが、そのまえに二つ目の問題を話しておきましょう」

「失礼します」と声を掛けて襖《ふすま》を開け、常吉が三人のまえに湯吞茶碗を置いた。八ツのお茶の時刻だったのである。

甚兵衛の指摘した二つ目は、朝しか来られない人、昼間しか来られない人、夜しか来られない人という三種類に分かれると、対戦できない組みあわせが出るのではないか、ということであった。

「夜しか来られない人同士の対局は問題ありませんが、朝だけや昼間だけの人と対局できない場合があるかもしれません」

「たしかに甚兵衛さんのおっしゃるとおりです」と、信吾は言った。「しかし、前回は朝だけの人と昼間だけの人が対局できないという不都合は、起きませんでした。理由としては対局辞退の不戦敗を採り入れたことと、上位の人に朝だけ昼間だけという方がいらっしゃらなかったからです。ですが朝だけ昼間だけの人は、お仕事のご都合でそうなったと思われます。となりますと、夜もダメという人はまずいないのではないでしょうか」

「席亭さんのおっしゃるとおりで、それもてまえは承知しております」

とすれば、なにが問題だと言うのだろう。

「朝だけと昼間だけの人が対局しなければならなくなれば、夜にやってもらえれば解決します」と、これからが本題だというふうに、甚兵衛は身を乗り出した。「そこで一つ目の問題と絡んできますが、夜だけの人は七ツから五ツまでの二刻（約四時間）で二、三局、場合によっては四局指すこともあると思います。これは相当に厳しいのではないでしょうか。ですので朝昼出られる人も、朝だけ昼間だけの人も、大会中はほぼおなじ番数だけ指してもらうように、調整したほうがいいと思うのですがね。つまりどの人も、一日の対局は三局か四局になるようにすれば、不公平は起きないと思いますが」

「甚兵衛さんのおっしゃるとおりです」と、桝屋が感心したように言った。「てまえはそこまで深くは考えませんでした」

「ただ」と、甚兵衛はどこかすっきりしない顔であった。「朝からの方は、夜まで『駒形』ですごすことになりますね。それなのに三局かせいぜい四局までと限定しますと、時間を持て余して退屈されると思うのですよ。そこで席亭さんの出番です」

大会初日の師走朔日、出場者の公平を図るために、期間中は一日の対局を三局か四局に留《とど》めて欲しいと、席亭の口から全員に伝えるべきだ、というのが甚兵衛の意見であった。あるいはその旨書いた文書を、壁に貼り出してもらいたいとのことだ。

「なるほど、甚兵衛さんのおっしゃる通りです。どなたにも、なるべくおなじ条件で闘ってもらわねばなりませんものね。初日までに考えておきましょう」

話が一段落したので八畳の表座敷にもどったが、信吾の思ったとおり柳橋は夢道を相手に苦戦を強いられていた。しかも奇妙なことに、信吾が相手ならあれほど饒舌《じょうぜつ》だった柳橋が、ときどき唸《うな》り声をあげるくらいでほとんど喋らないのである。

相談屋をやっている信吾には、もともと話し掛けやすい雰囲気があるのかもしれない。そういえば波乃といっしょになるまえだが、たまたま知りあった三人の若侍を、借家に連れ帰って酒を飲んだことがあった。

そのうちの一人が酔い潰れてしまったのだが、仲間に「こいつがこんなふうに、なにからなにまで打ち明けてしまうとは思いもせなんだ、信吾にはつい話したくなってしまう、なにかがあるのかもしれんな」と言われたことがある。おなじようなことは何人もに言われていた。

商人の倅《せがれ》の信吾とちがって、旗本か御家人の次男か三男らしい夢道には、気楽に話し掛けにくいなにかがあるのかもしれなかった。

半刻あまりで柳橋は投了した。

「将棋大会五位でこの腕であるか。『駒形』の水準は相当に高いな」

柳橋は夢道ではなく信吾に話し掛けたが、無念であるという思いを隠せないでいる。

「いかがでしょう、お二方。初めから並べ直してみられては。検討いたしますと、いろいろなことに気付かされて、とても勉強になりますので」

信吾がそう笑い掛けると二人は一瞬だが顔を見あわせ、柳橋はおおきく、夢道は控え目にうなずいた。

検討が始まった。

信吾は悪い手の指摘だけでなく良い手も取りあげた。悪手がなぜ悪いのか、ほかにどんな手が考えられ、もっとも強力なのはどの手かを解説した。また良い手もなぜ良いのかを説き、それに対する手を幾通りか示して見せた。双方に話し掛けたのだが、柳橋はほとんど信吾を相手にし、夢道との遣り取りはなかった。

「それにしても信吾、いや席亭どのの説明は実に明快である。夢道どのが強いのは宜《むべ》なるかなだな。わしも本腰を入れて『駒形』に通わんと」

柳橋が夢道の名を出したので会話の糸口になるかと思ったが、残念ながらそうはならなかった。

その顔から口惜しさの色が消えることはなかったが、柳橋はそれなりに得るものがあったようで、機嫌よく帰路に着いたのである。

七

十六日の朝の四ツ（十時）ごろであった。

「今年もやるんだってな、信吾」

野太い声とともに入って来たのは、三人の子分を引き連れた岡っ引の権六親分であった。「駒形」では親分も子分もすっかり馴染みなので、客たちが一斉に挨拶した。

「はい。お蔭さまで、なんとか開催に漕《こ》ぎ着《つ》けられそうです」

「なんとかってか。それにしても、相も変わらず控え目なやつだ、信吾は。どこへ行っても将棋大会の話で持ち切りだぜ」

「まさか」

「一日中ここに坐ってるから、わからねえんだよ。たまには浅草の町をひと廻りしてみなってんだ。大会の話で沸き返ってるぜ。二年目にして、早くも暮れの浅草名物にしちまったんだから、信吾のやることはすごいのひと言に尽きる」

「親分さんは大袈裟《おおげさ》ですから。みなさん、笑ってらっしゃるじゃないですか」

常吉が権六と子分たちに茶を出した。権六はあがり框《がまち》に腰を掛けているが、子分らは土間に立ったまま湯呑茶碗を受け取った。

以前はこれ見よがしに十手をちらつかせていたが、近頃では懐に仕舞って、余程の場合でなければ見せない。いくつもの手柄を立てたので、浅草界隈では知らぬ者がいなくなったからだ。

一度さがった常吉が、すぐに引き返して、権六の横に煙草盆《タバコぼん》を置いた。

「親分さん。なにかとお忙しいようですね」

大会の案内は浅草の各町内の湯屋、床屋、飲み屋、飯屋などあちこちに貼らせてもらった。だがそれは十日で、今日はすでに十六日である。いつもの権六なら、もっと早く顔を見せるはずであった。

「野暮用ばかりでな。権六親分さまだからいいようなもんの、雑巾なら擦り切れちまわあ」

「親分さんがときどき顔を見せてくださいますので、昨年の大会は何事もなく終えられました。今年もよろしくお願いいたします」

「いやぁ、おれのせいじゃなかろう。礼を言うなら瓦版に言いな。めおと相談屋と将棋会所『駒形』の信吾は、とんでもねえ武芸者だと、江戸中に知れ渡ったからな。田舎から出て来て東も西もわからんやつならともかく、江戸のワルどもにはとても手出しはできゃしめえ。おれの出る幕はねえんだが」

「そうおっしゃらずに、ときどき見廻ってくださいよ。お客さまも安心できますので」

「席亭さんのおっしゃる通りですよ、親分さん」と家主の甚兵衛が、揉《も》み手《で》をしながら頭をさげた。「極楽堂《ごくらくどう》の強盗事件の大手柄がありましたから、ますます頼りにされて大忙しなんでしょうね」

「ありゃ、おれの手柄じゃねえっつうの。極楽堂の息子とその幼馴染が見抜いたんだ。おれは御番所の同心の旦那に手配するよう話して、女が一味を引きこむところを縄にしただけだからな」

極楽堂の息子とは、信吾の竹馬ならぬ竹輪の友の寿三郎《じゅさぶろう》で、その幼馴染とは信吾であった。福富町《ふくとみちょう》の極楽堂は、江戸でも知られた仏壇と仏具の老舗である。寿三郎は極楽堂を継ぐ身なので、おおきな騒ぎになると不都合が生じることが考えられた。信吾は権六に頼み、寿三郎や自分の名を出さぬよう抑えてもらったのだ。

「長門屋《ながとや》と阿波屋《あわや》の揉め事だって」と、甚兵衛が二の矢を放った。「二進《にっち》も三進《さっち》もいかなかった難題が、親分さんがひと睨みなさっただけでケリが付いたと」

何人もがうなずいたのは、マムシと鬼瓦が権六の渾名だからだろう。たしかにその顔で睨まれたら、普通の者なら震えあがらずにはいられまい。

その場の客たちが一斉に、町のだれもが感謝してるとか、足を向けて寝られないとか言い出した。権六は両手を振りあげた。

「みなさん方はあっしが類を見ないほどの照れ屋だということを、だれかに聞いたにちがいねえ。寄ってたかって褒めちぎりゃ、そうでなくても照れ性のあっしが、照れくささのあまり逃げ出すにちがいねえとの魂胆だな。細工はせんでも退散しまさあ。あんまりのんびりもしてられねえんでね」

両膝を叩いて権六はすっくと立ちあがった、となると絵になるが、残念ながらそうは問屋が卸さない。肩幅は広く胸は分厚いのだが、脚が短くてガニ股なものだから、せいぜいのところ、どうやら立ったらしいとわかる程度なのである。

「親分さん、ご苦労さまです」「また、お寄りください」「いつもお世話さまです」などの声に送られて、権六と子分たちは出て行った。

権六が顔を見せたことで、信吾は将棋大会が間近に迫ったことを実感せずにいられなかったが、気懸かりなことがない訳ではない。

例の蔵前たち地名絡みの三人の武士が、果たして大会に参加するかどうかである。若い両国は中級の中ぐらいだが、蔵前と柳橋は出場すればかなりの所まで駒を進められるだろうと信吾は見ていた。

しかし相手が武士だけに、なんとも判断がつかないのである。

大名家の江戸留守居役たちの座敷に、信吾は呼ばれたことがあった。のちに個々の留守居役の座敷にも呼ばれている。そのため江戸留守居役が、他藩との折衝や情報交換、親睦などに気を遣わねばならぬ、たいへんな役目であることがわかった。

しかしその仕事や役目は、武家の中ではかなり特殊であるらしい。となると、それ以外の武士たちの仕事がどうであるかは、見当も付かなかった。

武家にはおおきく分けて番方（武官）と役方（文官）があることは聞いているが、戦《いくさ》になれば前線に出て戦うのが番方だろう。千代田のお城の西の守りを固める番町《ばんちょう》が、番方の屋敷が集まって町を成していることは知っている。だがその番方は、平時はどういう仕事をしているのだろうか。また役方は、となると想像もできなかった。

信吾は相談屋の仕事を始めて、相手のことを詮索したり、本人にあれこれ訊いたりすることをしなくなった。相手が話したことだけで満足するようにしている。必要があれば話してくれるだろうし、それよりも相手をありのままに受け容《い》れることが、相談屋としては一番大切だと気付いたからだ。

蔵前と柳橋、両国の三人についても、なに一つとしてわからないままだった。大名家の家臣なのか、それとも旗本に仕える身なのかさえも、である。

非番の日に三人が「駒形」に指しに来るのはわかっている。日が浅いこともあるが、何日置きに非番になるのかは不明であった。

蔵前が初めてやって来たのは、霜月朔日の午後であった。その蔵前に、席亭には武芸の心得があるようだと言われたのが柳橋だ。六日の八ツにやって来るなり不意に殴り掛かったが、信吾はなんとか躱すことができた。

すると翌七日に蔵前がやって来て、前日の柳橋とのあれこれを聞いておもしろがった。

両国が初めてやって来たのは九日で、手合わせした信吾は中級の中ぐらいと判断し、おなじ程度と思われる客を紹介した。両国は勝ちを収めて満足げに帰って行った。

会所内での参加受付を開始した十五日の午後、柳橋が二度目の顔を見せ、夢道と対局して敗れている。

一般の参加受付は二十日だが、朝や昼すぎに来られる人はいいとして、仕事のために夜しか来られない人がいるはずだ。

信吾と常吉は客が帰った七ツ（四時）ごろから、将棋の盤と駒を拭き浄《きよ》めている。そのあと庭に出て、常吉は棒術、信吾は木刀の素振りと鎖双棍の型を鍛錬し、母屋に移って食事をするのだった。

将棋会所「駒形」の看板は会所のまえにしか出していないので、信吾は次のような貼り紙を出すことにした。


将棋会所駒形開所二周年記念将棋大会の参加は、霜月二十日より晦日まで受け付けます。不在の場合と五ツ以降は、お住まいとお名前を書いた紙を伝言箱にお入れ願います。

去年とおなじく駒形を朱記しておいた。

伝言箱はもともと「めおと相談屋」の客に対するものなので、母屋だけでなく会所のまえに据えた相談屋の看板の下にも取り付けてある。

大会の参加受付帳は将棋会所に置いて、常吉にはどのように書いてもらえばいいかを教えておいた。

問題は常吉が信吾たちと母屋で食事しているときや、信吾と湯屋に出掛けた留守、また眠ってしまったあとであった。そのときは、紙片を伝言箱に入れてもらうことにしたのである。翌日、信吾が訪問して書き入れ、相手に確認してもらえばすむことだ。

ところで会所で受付を開始した十五日に十七名だった申しこみは、一般を受け付ける二十日の前日十九日までに二十二名となっていた。その数字は信吾や桝屋、そして甚兵衛が予想していた範囲であった。

一般の受付を始めた二十日に、九名の申しこみがあって計三十一名。ところがその後、少しずつ増えて二十六日で三十五名となった。

二十七日に、珍しく蔵前と柳橋が連れ立ってやって来た。二人の対局は、柳橋が夕七に勝ち、蔵前は桝屋良作に負けを喫した。

だが二人がやって来たのは、対局だけでなく参加を申しこむためであった。これで三十七名である。三十名程度と見ていたので、予想より少し多いなと信吾は思っていた。

ところが直前になって次々と申しこみがあり、四十八名になってしまった。どうやら仕事の関係で、出られるよう調整をしていたため、遅れた人がかなりいたらしい。

二十日以降に二十六名が応募した訳だが、その内の三人は、旅に出ていた人としばらく来られなかった会所の人なので、一般からは二十三名となる。朝昼、あるいは朝か昼間に出られる人は、前回の出場者に新規を加えて九名。前年の大会に出たものの、とても上位はむりだと諦めた人が多かったということだ。

つまり夜だけしか出られない人の参加は、十四名ということになる。

「四十八人となりますと、正月の中旬か、もしかすれば二十日すぎまで掛かるかもしれませんね」

甚兵衛が心配そうに言ったが、信吾の考えはちがった。

「それはわかりませんよ。増えた人のほとんどは、夜しか対戦できない人でしょうね。どなたも腕自慢だと思いますが、だからと言って実力者ばかりとはかぎらないと思います。前回の大会とおなじで、途中から辞退する人が出るのではないでしょうか」

新規登録者に関してはまるで未知で、どんな強豪が申しこんでいるかわからない。だが人はもともと自惚《うぬぼ》れが強いものだ。かなりのところまで行けるだろうとか、あわよくば賞金をとの想《おも》いで申しこんだ人も多いと思われる。

実際に始まってみれば、自分の力ではどうしようもないと覚《さと》って辞退する者や、途中から来なくなる者も出るはずである。

「太郎次郎さんのような、いや、もっと強い方が参加されるかもしれませんね」

貼り紙で大会を知って申しこんだ太郎次郎は、あれよあれよという間に頭角を現し、桝屋良作と甚兵衛に次ぐ第三位となった。

「いやあ、楽しみです」

場合によっては自分の地位が脅かされるかもしれないのに、甚兵衛は楽しくてならないという顔をしている。本当に将棋が好きでたまらないのだ。大会での順位が気にならないはずがないが、それよりも将棋指しとして、自分と同等かそれ以上の相手と対戦したくてたまらないのだろう。

八

大会初日の朝、信吾はいつもより早く会所に出た。なにがあるかわからないので、主催者としては当然のことである。それと、やらなければならない仕事があったからだ。

信吾は前夜までに、「花の御礼」として寄付してくれた人や見世の名を書き出していた。総数は前年より増えていたが、浅草界隈中心ということもあって一・五倍弱である。

ただし金額は前年よりかなり多かった。

二枚に分けて書きあげた「花の御礼」を貼り出したところに、源八がやって来た。この男がこんなに早く来るとは珍しい。

「席亭さんに相談があってね」

「思い直されましたか。申しこみは昨日で締め切りましたが、参加していただいてけっこうですよ。なにしろ源八さんは、『駒形』が開場したときからのご常連さんですからね」

源八はちいさく首を振ってから話し始めた。

「第一回は五位までの七人を一年のあいだ壁に貼り出したけれど、第二回は十位までに入れするそうだね。心をくすぐられて迷いはしたものの、どう頑張ったって十位までに入れる訳がない。それどころか二十位に入るのさえおぼつかないもの。なんせあっしは、十やそこらの女の子に負けた男ですからね」

昨年の源八の二人目の対戦相手がハツだった。

「たしかにあれで調子を狂わされましたね、源八さんらしくなく」

「いかにも源八らしく、てこってす」と苦笑してから、源八は真顔になった。「ま、それに関係ないこともないというより、まさにそのことなんだけどね」

いつもの源八からすると、やけに歯切れが悪い。というより、言っていることが支離滅裂である。信吾の困惑顔に気付いたからだろう、言いにくそうに源八は言った。

「見学はかまやしないが、応援はダメだってことにはできんかね」

「応援と申されますと」

「若年組に決まってるじゃないか」

席料が大人の半額の十文でいい、十五歳以下の子供たちのことである。そのうち第一回の大会に出たのはハツだけであった。第二回の今年もやはりハツだけで、ほかの若年組からの申しこみはなかった。一時は全員で出ようと相談したらしいが、結局は見送ったのである。

しかし自分たち仲間内で対局せずに、ハツの応援をするという。

「去年とおなじになったということってす」

「ですが源八さんは、今年は参加しないのだから」

「子供の数は去年は十人ほどだったけれど、今年はその倍はくだらないだろうね」

源八がなにを言いたいのか、主旨がはっきりしない。

「騒ぐことはもちろん声を出すことも禁じましたよ。そんなことをすれば、ただちに帰ってもらうと。子供たちは言われたことを守って、静かにしていたではありませんか」

「声を出さないだけに始末が悪い」

それは矛盾ではないかと信吾は思わず苦笑したが、源八はまじめそのものである。

「ハッさんと対局したからわかりやしたが、十何人もの子供が黙ったままひたすら見るんだよ。指したらその盤面を、それからハッさんとあっしの顔を繰り返し。駒を摘《つ》まむあっしの指、続いて顔、それから盤面、今度はハッさんの顔。十何人が一斉にあっしと盤面、そしてハッさんを見るのだからね」

それがハッと対局する者には、強烈な圧迫となると言いたいらしい。ハッだけでなく、ハッに加え十何人、ハッの二つの目だけでなく、それに二十何個かを加えた目に見続けられるのだ。それが今年は四十個以上になる。

「ハッさんが強いのを認めない訳じゃありやせん。だけど、敵はハッさん一人じゃなくなるんだ」

「ハッさんが源八さん以外の人と指したときも、子供たちはおなじように応援したのでしょう」

「もちろん」

「だとすれば、どなたもおなじ条件になるのだから、不公平はないと思いますが」

「子供たちが応援するのは、手習所が休みの日だけだ」

「当然そうなりますね」

「桝屋さんと甚兵衛さんの優勝決定戦は、二十日におこなわれた。手習所の休みは一日、五日、十五日、二十五日」

源八がなにを言いたいのか、信吾はますますわからなくなってきた。

「ハッさんは毎日大人相手に勝負してるけれど、若年組が応援したのは、一日と五日に十五日の三日だけだろ」

源八の言ったことにまちがいはないので、信吾としてはうなずくしかない。

「五ツ半（九時）から七ツまでハッさんが会所にいたとして、指せるのは三、四局。多くても五局でしょうが。五局として、三日で十五局となる。十五人だ。その十五人はたくさんの目に曝《さら》されるけれど、それ以外の人は何十個もの目を気にしなくてすむ」

「大会のあいだは、だれでも観戦、見学していいことになっていますからね。とすれば条件はおなじではないですか」

「二十何個かの目はまったく別物なんだよ、席亭さん」

去年、源八はハツに負けて調子を崩したため、意識せずにいられないのかもしれない。だから自分のような犠牲者が出ないように、信吾に応援禁止を提案したのだろうか。

源八の言い分では、十歳やそこらの女の子が大人を相手に十二位になれたのは、応援団のお蔭だということになってしまう。それではいくらなんでも、真剣に戦ったハツに対して失礼ではないか。

それに応援付きは二十日、いや十九日間のうちわずか三日、延びたとしても四日だけである。ハツは毎日何局も指しているのだから、大勢に影響が出るとは考えられない。

源八の考えすぎである。そんな些末《さまつ》なことに気を取られるから、強くなれないのではないかと思ってしまう。

「第二回の大会が終わって、源八さんとおなじように感じた方がおられたら、考えなければなりませんね。子供たちには注意しますけれど、今年は昨年とおなじようにやってみようではありませんか」

「わかりやした。おそらく席亭さんは気付いちゃいないから、言っておいたほうがいいと思いやしてね」

「ありがとうございました。また、なにかありましたら教えてください」

信吾が話を切りあげることにしたのは、かなりの人が集まっていたからである。

ちょうど若年組では親分格の留吉の顔が見えたので、信吾は手招いた。

「手習所が休みの日は、留吉や正太は自分たちで手合わせするし、大人とも対局をしている。新入りはハツさんと常吉が教えているけれど、大会のあいだはハツさんは大人との対局がある。常吉は見学に来た人たちの案内や世話で手一杯だ」

「ハツさんと常吉の代わりをおいらや正太、彦一なんかでやれっての」

「そうじゃない。若年組は若年組だけで、奥の六畳間や板間で対局したらどうかと思ってね」

「おいらはそれでもかまわないけど、みんなでハツさんを応援しようってことに決まったんだもん」

「しかし、纏《まと》め役の留吉が言えば、みんなは言うことを聞くだろう」

「大抵のことならね。だけど年に一度の将棋大会だろ。となりゃ、だれだってハッさんを応援したくなるじゃないか」

「しかし人の対局を見るより仲間と勝負したほうが、余程いいと思うけどね」

「席亭さん。そりゃおかしいじゃない」

「みんなのためを思って言ったんだがな」

「いつも言ってることとちがっているよ、席亭さん。強い人の対局ほど勉強になることはないから、むりをしてでも見るようにって言ってるじゃないか」

ギャフン、してやられた、である。留吉に言い負かされるようでは信吾先生形無しだ。

「応援するのはいいけれど、二十人あまりが周りに集まると、ハッさんや相手の気が散るんじゃないかと思ったからね」

「そんなヤワじゃないよ。おいらなんかいるとも思っちゃいないもん、ハッさんは」

「信吾先生タジタジじゃないですか」と、甚兵衛がおかしくてならないというふうに言った。「それより、みなさんお集まりですので、開会の挨拶を願います。席亭さん」

信吾先生と席亭さんを使い分けたところをみると、甚兵衛はおもしろがっているのだろう。笑いを堪《こら》えるために横を向いてしまったが、かまわず信吾は話し掛けた。

「みなさんに挨拶のまえに、甚兵衛さんにご相談が。賞金の件ですが」

「思ったより寄付が多かったのですね」

信吾だけでなく甚兵衛も、奉加帳を持って寄付集めに協力してくれた。とすれば感触でわかるはずだ。

「はい。ほぼ二倍半に」

「それはすごい。でしたら増やしましょう。そのほうが励みになりますから」

去年は文《もん》を両に換算すると九両を少し超えた。その二・五倍ということは二十二両二分以上で、たいへんな額である。前年はなにかと出費があるかもしれないからと、優勝三両、準優勝二両、第三位一両とした。九両のうち賞金に使ったのは六両である。

「今後のこともありますから一気に増やさないほうがいいですが、席亭さんはどうお考えでしょう」

「二通り考えたのですが、三人のままにして額を増やしたほうがいいのか、それとも五位までの人に出そうかとも考えました。一位から順に五、四、三、二、一両を出せば計十五両。優勝を八両、以下五両、二両とすればやはり十五両です。少し余裕を持たせて、差額の七両二分は打ちあげやさまざまな費用に当てています」

「総花的に出すより、やはり上位三人に絞ったほうが」

「わかりました。てまえも、そのほうがいいと思っていましたので」

そのとき、金龍山浅草寺の弁天山に設けられた時の鐘が五ツ（八時）を告げた。それを潮に信吾は立ちあがると、深々とお辞儀をした。

「みなさま、早くからお集まりいただき、まことにありがとうございます。みなさまの熱意と、多くの方々のご支援のお蔭で、将棋会所『駒形』の第二回将棋大会を催せることになりました。改めてお礼申しあげます」

そのように前置きして、信吾は夜しか時間の取れない多くの方からの要望で、夕刻の七ツで終えていたのを、大会中のみ夜の五ツに変更したことを話した。

続いて参加者には、一日中時間の作れる人を除くと、朝だけ、昼間だけ、夜だけの三種類の人がいること。夜しか出られない人だけでなく、朝だけ、昼間だけの人も仕事のためだと思われる。朝昼の人たちも夜には時間を作れる人が多いと思うので、調整しながら対局を決めていただきたいこと。

対局は非常に疲れるので、対局数の多少によって不公平が生じることも考えられる。そのため一日の対局を、どなたも三、四局としていただきたいと言った。

「次に、大会参加案内の貼り紙にも書きましたし、申しこみ受付の折にも触れました賞金の件でございますが」

「去年といっしょだろ」

「はい。そう申しましたし、あちらの壁にも貼り出してあります」

信吾が指差した壁には、次のような貼り紙があった。

将棋会所駒形第二回将棋大会の賞金を
次のように定めました
なお勝率が並べば決戦対局となります

優　勝　一金参両
準優勝　一金弐両
第三位　一金壱両

「ところが本年は思っていた以上の賛同が得られまして、そちらをご覧ください」

べつの壁には『花の御礼』と書かれた紙が二枚貼られている。

「お見世や有志の方々からのご寄付が昨年より多くいただけましたので、賞金の額を変更いたしたいと思います」

信吾はあくどい手だとわかってはいるが、そこでしばし焦《じ》らしの間を取った。自分を見詰める参加者だけでなく、早くもやって来た見学者たちの目の、期待の色が濃くなるのを待って、区切りながらゆっくりと告げた。

「優勝八両、準優勝五両、第三位二両、でございます」

ドッと沸いたのもむりはないだろう。優勝は前回の約二・七倍、準優勝が二・五倍、第三位でも二倍である。

「八両、五両、二両ですからね。第三位より三両多いのが準優勝、さらに三両多いのが優勝です。果たしてどなたが獲得されるやら」と、甚兵衛は客たちに笑顔を向けた。

「将棋会所『駒形』だけでなく浅草の名物となりますよう、地元のみなさまのご協力のもとで毎年出したいではありませんか」

どよめきが屋内を満たした直後に、一瞬の間ができた。そのときである。

「ハツさん、よかったね。優勝すれば八両もらえるんだって」

紋の無邪気な言葉が爆笑を呼んだ。その笑いが底抜けに明るくて陽気なので、恥ずかしくて耳まで真っ赤になった紋とハツも、その場の人たちといっしょになって笑うことができたのであった。

第二回の大会は、信吾が思いもしなかった笑いのうちに幕を開けることになったのである。

しかし、前年と変わったことはほとんどなかった。信吾が参加者と話しあって対局を決め、勝負が着けば○と×《ばつ》を記録してゆく。後半まで進めば対局辞退の△が出ることもあるだろうが、初日から出る訳がない。

商売となるとさすがだと感心せずにいられないが、四ツ半（十一時）まえになると、会所のまえに担ぎの蕎麦屋と饂飩屋《うどんや》がやって来た。鍋、炉と炭、麺と出汁《だし》、葱《ねぎ》、油揚や竹輪など、それと丼と丸箸を、前後二つの箱にむだなく収め、天秤棒《てんびんぼう》で担いで現れる。

そしてたちまちにして、食欲をそそる匂いを漂わせ始めた。

飯屋や蕎麦屋の小僧が、出前の註文《ちゅうもん》を取って廻る。

なにからなにまで昨年と変わるところはなかったが、その決め手が三人の子分を連れた権六親分だ。

表の八畳と六畳、奥の六畳と板間を、対局者や見物人の顔をたしかめながらゆっくりと見て廻った。

「信吾」

「はい。親分さん」

「去年は置き引きなんぞをやるやつの顔も見えたが、今年は来てねえな。ま、ときどき顔を出すようにしよう」

仕事があるらしく、不定期に顔を出すことをほのめかすと早々に姿を消した。

瓦版書きは何人か来て、信吾は訊かれたことに答えたが、おそらく記事にはならないだろう。去年もそうだったが、天眼は初日には顔を出さなかった。

九

夜しか来られない人から申しこみがあったとき、信吾は初日の師走朔日だけは、なるべく七ツ（四時）には来てもらいたいと言っておいた。それでも用のある人がいたらしく、姿を見せたのは八割ぐらいであった。

信吾はまず初めに、今回の大会について話しておきたかったのである。内容は賞金額がおおきく変わったことなど、朝に話したことと特に変わりはない。夜の部の人たちの特殊性を、いくらか強調したくらいである。

夜しか対局できない人がいるように、夜しか見学できない人もいた。将棋そのものが好きなのか、対局を見るのが好きなのか、おそらくその両方だろう。

驚かされたのは、朝や昼間も見学した人の中に、夜も居残った人がいたのである。

「それほどお好きなら、参加なされればよかったのに」

「見ている分にはいいですが、いざ自分が指すとなると急に見えなくなってしまうのです。全体を見ながら部分を戦うことが、あるいは部分を戦いながら全体を見ることが、なぜかできませんでね。自分でもふしぎでならないのですが」

戦っている場面だけでなく、常に盤全体を頭に入れておかなくてはいけないと、新入りに教える最初の日に、ハツが紋に言っていたのを信吾は思い出していた。ハツは最大の問題点を、ちゃんと押さえていたのだから大したものだ。

「それでしたら、程度の差はあってもだれにもあることだと思いますが」

「それが、どうにもならないくらいひどいものなんですよ。見ていたら実によくわかるのに、自分が指す側に立つと、すべてがぐちゃぐちゃになって、大小も、強弱も、白黒も見えなくなりましてね」

「白黒だと囲碁でしょう。烏鷺《うろ》とも言いますけれど」

「碁で白黒が分からなくなれば、勝負どころではないでしょう。わたしの場合、おなじことが将棋で起きてしまうのです。だから自分の勝負はぐちゃぐちゃになってしまうのに、人が指しているときにははっきりと見えて、なぜそう指したのか、次はどうするかがわかっておもしろくてならないのですよ」

昼の客が絶えると姿を消していた担ぎの蕎麦屋と饂飩屋が、七ツごろになるとふたたび姿を見せた。五ツまでやるというのを聞いて、取り敢《あ》えずようすを見に来たのかもしれない。

客が少なければ、そのまま流しに出る気だったのだろう。混みあうというほどではないが、けっこう客は絶えなかったようである。

ところで夜の対局者の中に、いささか風変わりというか、異質な人物がいた。

七ツをいくらか過ぎたので、信吾が夜の部の人たちを集めて概要を話し終えたあとであった。そのうちの一人、猩写《しょうしゃ》の名で申しこんだ男がこう言ったのである。

「席亭さんよ。去年の上位入賞者、できれば十位まで、ま、その半分でもいいが。ここにいるかね」

随分と不躾《ぶしつけ》な訊き方であるが、将棋大会に参加したため初めて「駒形」に来たとなれば、前年の有力どころがどんな人物か知りたいのは当然かもしれない。信吾が主催者で猩写が大会の参加者である以上、丁重に遇しなくてはならないのである。

「全員ではありませんが、七名の方が残っておられます」

「紹介してもらえるかい」

「もちろんです」

粘り付くような言い方には好感を持てないが、将棋会所の席亭としては、個人的な好悪は言っていられない。優勝の桝屋良作と準優勝の甚兵衛はいたが、三位の太郎次郎は帰っていた。信吾はそこにいた七名を成績順に紹介した。もっとも訊かれたとしても、順位と名前以外を教えるつもりはなかった。

猩写は三十代の前半だろうと思われた。猫背というほどではないが、やや前屈みになって、しかも体を捩《ね》じるようにして、斜め下から見る癖がある。相当に灰汁《あく》の強い人物であるようだ。顔色が悪いこともあって極端に陰気であった。

信吾が紹介すると、猩写は一人一人を脳裡《のうり》に刻みこもうとでもするようにじっと見た。顔に出す人は少なかったものの、だれもがいい印象を持たなかったようだ。信吾は権三郎あたりが、厭味の一つも言うのではないかと思ったが、人が多いこともあってかそれはなかった。

信吾が大会のことを話し、猩写に訊かれて前回の上位入賞者を紹介したこともあって、夜の対局は七ツを四半刻ほどすぎてから開始された。

夜しか来られない十四人のうち、十一人が姿を見せていた。信吾は初日ということもあって、まず夜の人たちによる対局を組むことにした。十一人なので五組ができて一人余る。居残っていた平吉に持ち掛けて、その人の相手をしてもらった。

甚兵衛は前年、本番で桝屋良作に勝ちながら決戦で敗れている。この二人は互角で、僅差で続く太郎次郎を加えた三人は、「駒形」では別格だと信吾は見ていた。だから会所の客なら四位以下の人と対局させ、ようすを見ることにしたのだ。

常連の棋風や力はわかっている。初登場の人たちがどのような指し方、戦い方をするかを知りたくて、信吾は対局者を決めた。猩写の訊いた上位七名をはじめ、会所の客たちはそのどれかの対局を観戦し、あるいは順に見て廻った。

中には顔や名前を知っている人がいたかもしれないが、ほとんどの人は初めてのはずである。しかも程なく戦う相手となるので、戦法などを知りたいにちがいない。

勝負が決すると、対決を終えた二人に居残っていた会所の客を振り当てることにした。十位までの七名だけでなく、それ以下の常連客も観戦していたからである。

一番早く勝負が付いた対局は力に差があったからで、勝者は上級の中か下、敗者は中級の中くらいだと思われた。

全員が初顔合わせということもあって慎重になったのだろうが、夜の参加者は朝や昼間の人より対局時間が掛かった。十一人が五ツまでに終えた勝負は、一局か二局である。最初の勝負を終えても、五ツまでに第二局を終えられそうにないので観戦に廻った人もいた。翌朝からも多くの人が対局するので、指し掛けにしておく訳にいかないからだ。

信吾の目には、かなりの力量だと映った人が三人いた。猩写は二連勝したが、信吾が瞠目《どうもく》した三人の中には入っていない。なぜなら勝つには勝ったものの、すっきりした勝利ではなかったからだ。

一戦目は相手が信じられぬような大失着、つまりポカをやったために勝ちが転がりこんだ。二戦目に信吾は、常連のうち中級の上の指し手を選んだ。猩写は勝ったものの圧勝ではなかった。

それなのにこう宣《のたも》うたのである。

「席亭さんよう。次からは、もうちっと骨のある相手とやらせてもらいたいもんだな。相手が勝手に自滅しちまった。これじゃ、勝ったという気がしないぜ」

それほど失礼な言い方はないだろう。相手はおだやかな人物だし、負けたこともあって我慢して黙っていたようだ。こんなことが続けば、どこかでだれかとぶつかるにちがいないと、信吾は危惧せずにいられなかった。

言葉遣いや喋り方、また物腰を見るかぎり商人でないことはまちがいない。猩写という名からして絵師かとも思った。猩は猩々《しょうじょう》と言われることが多いが、唐土《もろこし》の猿に似た想像上の生き物だそうだ。人語を解して酒を好むと言われている。

その猩を写すのだから絵師かもしれないと思ったが、単なる酒好きとも考えられた。そう言えば大酒のみの瓦版書き天眼も、猩写とおなじくらい顔色が悪い。しかも、いくら飲んでも赤くならないのである。

俳名かとも思ったが、言葉を自在に操る人にしては、喋り方があまりにも無神経であった。渾名や号とも考えにくい。わかるのは、どう考えてもまともな人物ではなかろう、ということだけである。

信吾が強く思ったのは、猩写をハツと戦わせたくない、ということであった。

夜しか出られない人の参加が決まったとき、信吾はハツの祖父平兵衛に相談した。ハツは前年より力を付けているので、夜しか出られない人とも戦わねばならなくなるからだ。

「大丈夫です」

きっぱりと言ったのは、いっしょに聞いていたハツであった。平兵衛は苦笑したが、少し考えてから言った。

「将棋大会に出ると決めた以上、当然、どんな相手とも対戦しなければなりません。ようございます。夜の人と対戦することが決まれば、その日はこちらに昼の八ツごろに来まして、夜の五ツまでいるようにしましょう。昼からにすれば、この子もそれほど疲れないと思いますから。わたしが付き添いますので、ご心配なく」

付添人の平兵衛が杖《つえ》を突き、ハツに肘の辺りを支えられてやって来るのだから、信吾は微笑《ほほえ》まずにいられない。

「それはよろしいですが、平兵衛さんがいいとおっしゃっても親御さん、特にお母さまがダメとおっしゃるのではないでしょうか」

平兵衛は困ったような顔になって、ちらりとハツを見た。

「いいのよ、おじいちゃん。だって、信吾先生だもん」

ハツがそう言うと、平兵衛はますます困ったような顔になった。それを見て、ハツはじれったそうな表情を見せた。平兵衛がためらっているので、ハツは信吾を正面から見て言った。

「あたしね、信吾先生。母さんがいないの。三つのときに亡くなったから」

信吾は顔が強張《こわば》るのを、どうにもできなかった。

「知らぬこととは言え、ハツさんには辛《つら》いことを思い出させてしまいました。なんとも申し訳ない。お詫びします」

「あたし、母さんの顔も声も覚えてないの。だから、先生、気にしないで」

「まだ三歳でしたから、倅には後添えをもらうよう勧めました。しかし倅は、それではハツが可哀相《かわいそう》だと申しまして。ハツは男兄弟とは随分と齢が離れていますので、そんな家に後添えが入ってもうまくゆく訳がないと」

「そうでしたか」

「ハツの世話をする女中を雇い、家の中のことは女中が、外に出るときはてまえが面倒を見る、ということにしましたが、なぜかハツは女中よりこちらに懐きまして。たまたま教えた将棋に夢中になったものですから、こんなことなら倅は後添えをもらうべきだったと後悔しているかもしれません。ハツのこの先のこともありますからね」

ハツがなにか言い掛けたが、平兵衛は無視して続けた。

「本人はなにか考えてはいるようですが、なんであろうと、今の世の中、女にできることはかぎられています。縫物とか手先を使う内職がほとんどですから。手習所の師匠を始めた女の人もいないではないですが、まだほんの一握りですし、小唄や長唄、踊りの師匠となると、一通りのことを習ったくらいでなれるものではありません」

ハツはなにかを考えているようだがと平兵衛は言ったが、信吾には思い当たることがない訳ではない。ハツは紋をはじめ新入りたちを、自分から教え始めたのである。信吾に断ってではあるけれど。

だからと言って、それがなにかに結び付くとはかぎらない。それにハツの考えがどこにあるかわからないのに、信吾は迂闊《うかつ》なことを言う訳にいかなかった。

いずれにせよ、平兵衛が付き添うことになったので、ハツの夜の対局には問題がなくなったのである。

まだ二戦しか見ていないが、信吾は猩写がこのあと勝ち進むとは思えなかった。あのような戦いぶりでは、程なく脱落するだろうと見ていた。それはともかくとして、ハツとの対戦をなるべく先送りする気でいる。

しかし猩写がハツとの対局を望むことはあるだろうし、その場合、気性からしてハツは受けるはずである。

猩写のような嫌味な男を十一歳のハツが負かせば、これほど痛快なことはないだろうが、どうなるかはわからない。

大会の主催者で将棋会所の席亭である信吾としては、流れに任せるしか方法がないのである。

十

「おッ、早速直されましたね」

翌朝、やって来るなり気付いた甚兵衛がそう言った。

参加者や見物人が来るまえに、信吾は賞金額を貼り出した紙を訂正しておいた。それも金額だけを、優勝の「参」を「捌《はち》」、準優勝の「弐」を「伍《ご》」、第三位の「壱」を「弐」としたのである。朱墨で書いた紙片を上から貼り付けたのでやけに目立つ。

おもしろいことに格子戸を開けて入って来た人のだれもが、おおきいかちいさいかのちがいはあってもかならず声をあげた。目に見える形にすると、いかに効果がおおきいかということだ。

賞金額が大幅にあがったことと相俟《あいま》って、「花の御礼」が評判になっていた。前年もそうであったが、寄付をした見世や個人の顔ぶれがどうとか、またどこそこが出していないなどと、隅から隅まで見てからちいさな声で話すのも聞こえた。甚兵衛ではないが「となると翌年は」と思って苦笑してしまう。

「金額を書きゃいいんだよ、それも多い順にな」

「そうとも。江戸っ子は見栄っ張りだから、あそこに負けちゃいられないって一気に十倍になるぜ」

「十倍はむりとしても、二倍や三倍はまちがいないだろう」

そんな野次馬に甚兵衛が微笑み掛けた。

「席亭さんは欲がないですから、金額は少なくても、なるべく多くの人に応援してもらいたいのでしょうね」

お蔭で噂が噂を呼んだらしく、見物人が一気に増えたのである。担ぎの蕎麦屋と饂飩屋は、大繁盛で休む暇もないほどだ。

席料を取らないことにしてよかったと、信吾はつくづく思った。

前年は対局を見たい人だけでなく、ただの見物人からも席料を取ったのである。野次馬的な見物人が多かったので、常吉が対応に大童《おおわらわ》であった。そのため宮戸屋から、茶汲みのために手伝いの下女に来てもらったほどだ。

だから今年は対局を見たい人もただの見物人も区別せずに、無料にしたのである。お蔭で宮戸屋にも手伝いの人を頼まずにすんだ。

「へえ、本当なんだ。ただの噂だろうと思っていたんだけどね」

よく透《とお》るその声は祖母の咲江であった。

「おばあさま。どうなさったのですか」

会席と即席料理の宮戸屋の客入れは、昼が四ツ（十時）から八ツ（二時）、夜が七ツ

（四時）から五ツ（八時）である。咲江は一刻ほどの空き時間にやって来たのだ。

「賞金をどんとあげたし、花の御礼を壁に貼り出したって、とんだ評判だよ。家《うち》のみんなが、自分がようすを見に行くと言い張ったんだけど、そこは力関係であたしが一等最初」

「すると二番目は正吾で、次が母さん、最後が父さんてことになるけど」

「それより花の御礼には、宮戸屋も忘れずに入れてくれただろうね」

「ええ。最後ですけどね」

「上出来だよ。こういうものはね、最初より最後のほうが見た人の心に残るものなんだ。ずーっと見ているあいだ目は流れているけれど、最後でぴたりと止まるからね。覚えておくといいよ。それにしても」と、咲江は首を何度も横に振った。「よくまあ、これだけの人が寄付をしてくれたもんだわ」

「ありがたいことです」

「賞金も跳ねあがったんだって」

「跳ねあがったってほどでも」

「二割か三割でもすごいのに、倍以上だろ。それを世間じゃ跳ねあがったっての」

　席亭と話しているのが浅草の名物大女将だとわかったからだろう、二人の周りに人が集まって話に花が咲いた。

咲江は信吾の祖母から、ごく自然に宮戸屋の大女将の顔になった。そして客や野次馬に愛嬌《あいきょう》たっぷりに、礼の言葉を振り撒《ま》いたのである。

それがまた話題になり、評判となって雪達磨《ゆきだるま》式に大きくなってゆくのが江戸の常だが、浅草はとりわけその傾向が強い。

二日、三日と経つうちにわかってきたが、一般受付の二十三人の参加者のうち、かなりの力量の人が四人いた。信吾が初日に注目した、夜しか来られないうちの三人と、朝や昼間も来られるうちの一人である。

夜の三人の中で、信吾が一番の力量だと見ているのが一兵《いっぺい》であった。五十歳前後だろうか。笑みを絶やさぬ男で、猛攻されていてさえ顔から笑いが消えない。「ほほう、そう来ましたか。さて、どう受けたら喜んでもらえますかね」との声が聞こえそうなほどである。

融通無碍《ゆうずうむげ》で相手のいかなる攻めにも、どのようにでも対応できる器用さがあった。と言えば聞こえはいいが、対戦相手にとってはのらりくらりで摑みどころがなく、気の短い者は苛《いら》ついて、いつの間にか自滅してしまうかもしれない。

鬼切丸《おにきりまる》は力押しで、ただひたすら攻めに攻める。なんとか凌《しの》げそうに思えても、結局は押し切られてしまう者が多い。鬼切丸というのは強引さに対して仲間が付けた渾名か、本人がおもしろがって偽名にしたのかわからないが、棋風をそのまま名にしたようだ。

細面で涼しげな眼《め》をしているのが名前と不釣りあいで、そこに気味の悪さを感じる者もいるかもしれない。三十代の半ばだろう。信吾の印象では、どうやらお職人のようであった。

日永《ひなが》はその名を聞いた甚兵衛が、「おや、春の季語ですね。それをお名前になさるとは、それも永日《えいじつ》とせず日永としたところが、なんとも雅《みやび》ではないですか」と言ったとき、「季語などではありませんよ。やかなけりもわからぬ無風流者ですから」と日永は言った。そのため、俳句を嗜《たしな》んでいるとわかったのである。

ちょっと摑みどころがない木留戸《きると》は、黙っていると五十代に見えないこともない。ところが笑いを浮かべると、驚くほど若く見えることもあった。もしかしたら二十代かもしれないと思って見直すと、初老の顔にもどっている。

攻め方や守り方に一貫性がないのに、まるで繫《つな》ぎあわせでもしたように、いつの間にか形を整えているのであった。

木留戸は去年も参加して、信吾はなかなかの指し手だと思っていたが、かなり早い時期に甚兵衛や桝屋良作など強豪に連敗したため、調子を崩したらしかった。となると捲《けん》土重来《どちょうらい》を期したいところだ。

会所の常連に関しては、実力のほどはほぼわかっている。

信吾は実力者同士の対局は、可能なかぎり先に延ばすようにした。連勝している者や勝率のいい者同士の対決が近付くにつれて、期待が高まり、次第に盛りあがるだろうと考えたからだ。

と言って席亭に権限がある訳ではないので、強引に決めることはできない。参加者同士がこの人をと言えばそうしたし、信吾がいい勝負が望めそうだと思えば、それとなく持ち掛ける程度であった。

戦績を見ながら対戦者を決めてゆくが、信吾は夜しか来られない人とハツとの対局も考えなければならなかった。朝や昼間の対戦もあるので、うまく組みあわせる必要があったのだ。

夜しか来られない人は十四人なので、三人ずつと組めれば五日も掛けずに終えられる。信吾は参加者に打診して、何人かから了解が取れればハツに伝えた。夜だけの人も腕に開きはあるので、なるべく下だと思える人から順に対局させるようにした。

「明日の夜は頼みます」

信吾がそう言うと、ハツは祖父の平兵衛と八ツに来て夕刻までに一局か二局を指す。そして蕎麦か饂飩を食べて一休みし、七ツから五ツまでのあいだに二局か三局を指した。強い相手をあとに廻したこともあって、ハツの戦績はよかった。もちろん、力を付けていたからでもあるが。

五日目になって、一般の参加者から初の対局辞退者が出た。勝率が低くて連敗が続いていたが、次の相手はいい勝率をあげていた。戦うまえから結果が見えていて、それがわかっているだけに本人も浮かぬ顔をしている。それとなく持ち掛けると、渡りに船とばかり乗って来た。

信吾はその人の番号のまえに△を記した。「駒形」の客は知っているが、初参加の人は知らない。一度それを知ってしまうと、対戦決めのときに考える人が出始めた。

互いの力は、それまでの対戦とか成績表を見れば判断できる。

絶対に勝てる、勝てるはずだ、いい勝負になるだろう、相手が上だが差はわずかだ、逆転の余地は十分ある、などと判断すれば対局する。奇跡が起こらぬかぎり勝てない、となると手を引くということだ。

六日、七日、八日と成績表に結果が出るに連れて、少しずつではあるが対局辞退の△が増えていった。

前年もそうであったが、十歳の女の子に負けるとみっともないからだろう、分が悪いとみると辞退する人がいた。十一歳になったからといって、おおきく変わるものではない。

ハツに対する辞退者は、勝率のいい者の中でも多いほうであった。

十一

ところで猩写の成績がどうだったかというと、信じ難いが十日目になっても無敗であった。つまり十分に優勝をねらえる人の中に、入っていたのである。

その勝負を見ると、たまたまとか相手の致命的な失敗とかが多く、どの勝負もすっきりしない勝ち方ばかりであった。圧倒的な力の差を見せ付けて完勝した対局は一つもない。

一体どういうことなんだ、と言いたくなるような経過と成績であった。とは言っても、そこまでだろうと信吾は思っていた。なぜなら力のある会所の常連や、一般参加の有力どころとの対戦を、それほど終えていなかったからである。

前年は信吾がなるべく多くの人の参加を求めたので、かなりの強豪から初心者に毛の生えたぐらいの者までが参加した。まさに玉石混淆《ぎょくせきこんこう》で、しかも百八十三人の総当たり制にしたため、かなり早くから対局辞退者が出た。年が明けても終わりそうにないと思っていたのに、十二月二十日に優勝決定戦がおこなわれている。

今年は厳選とまでは言わなくても、力自慢揃いの四十八人となった。しかし仲間におだてられたり、自惚れ者の自薦もあったので、どうかと思われる者もいない訳ではなかったのである。

十日をすぎると早くも終盤戦で、それまで下位と思われる者に連勝していた猩写も強い相手と当たることになる。

十一日に猩写は平吉と対局してなんとか勝てた、と多くの者の目には映った。平吉は前年の大会で、島造や夢道と並んで同率五位となった指し手であった。

二局目は武士である柳橋との対局に、何度もの危機を凌ぎ切って勝った。

その日、最後の三局目では信吾が注目していた木留戸に、相手のお株を奪うような、継ぎ接《は》ぎとしか言いようのない戦法で勝利をものにしたのである。

からかいや厭味は相変わらずであった。ただし武士である柳橋に対しては、暴言を吐いていない。

翌十二日、猩写は平吉に次いで、やはり同率五位であった夢道と島造に勝ってしまった。それればかりか一般参加の日永にも勝利した。

さらに快進撃は続き、十三日には前年四位の権三郎、おなじく三位の太郎次郎だけでなく、武士の蔵前にまで勝ってしまう。しかもどの勝負も短い時間でケリが付き、状況次第ではもう一番指せそうであった。

ここでも猩写はかれらしさを押し通した。夢道は旗本か御家人の次男か三男、権三郎は御家人崩れ、蔵前は現役の武士である。猩写はこの三人をからかったり、厭味を言ったりはしなかった。自分が勝った相手でも身分が上であれば緘黙《かんもく》して、そうでなければ露骨に揶揄するのである。

それよりも信吾が不愉快なのは、猩写がまるで礼を失していることであった。勝負を始めるまえと終わったあとで、両者はお辞儀をする。最低限の礼儀である。ところが猩写は仕方なさそうに、わずかに頭をさげるだけで、その反動のように体を仰《の》け反《ぞ》らせるのであった。まるでふんぞり返ったようで、これほどの無礼はあるまい。

なんとも見さげ果てたやつではないか。ではあっても主催者である信吾は猩写を罵倒できない。もどかしいかぎりであった。

「そう言えば猩写さん」と、話し掛けたのは源八である。「ハッって女の子とは、まだじゃなかったっけ」

余計なことをと、信吾は思わず源八の着物の袖を引きそうになった。源八は髪結の亭主で、女房のスミが稼いでいる昼間は「駒形」に来ている。

その日はどういう事情か知らないが、スミが夕刻から仕事かなにかの用で出たのだろう。だからといって、猩写にハッをけしかけないでもいいではないか。

ところが猩写は、思いもしないことを言ったのである。

「指したくないね」

「えッ、なぜなんです。十一歳の女の子なのに二桁の上位、十一か二番で頑張っているんですぜ」

「子供には邪気がないからな」と、言ってから付け足した。「すでにかなりの差が開いているので、今さら勝負することもない」

信吾は猩写がなぜそう言ったのか理解できなかった。それに総当たり制であることは、募集案内にも書いてある。すでに結果が出ているからでなく、邪気のない子供には、邪気だらけの自分は足許《あしもと》を掬《すく》われかねないと危ぶんだのだろうか。

ところが源八は、よせばいいのにさらに余計なことをした。夜だけしか来られない対局者との、最後の日であったハツにこう言ったのだ。

「ハツさんはどうだい。全勝している猩写さんに指したくないと言われて、黙っていられるかい」

ハツはちらりと信吾を見て、目に悪戯っぽい色を浮かべた。気持は通じたようだ。

「猩写さんがそうおっしゃるなら、あたしも指したいとは思いません」

「さあ事だ」と、源八は信吾を見た。「どうなさるね、席亭さん。双方の辞退は前代未聞ですぜ」

席亭としての鼎《かなえ》の軽重が問われたのだぞ、とそれほど大袈裟ではないが、笑顔を浮かべながら信吾は懸命に考えた。気が付けば、甚兵衛をはじめ常連たちが興味津々の目を向けていた。

「将棋ですから、対局してみなければなんとも言えません。ハツさんが勝つという、番狂わせが起きることだって考えられます。ですが成績を見るかぎり、猩写さんが上だと思われます。その猩写さんが指したくないとおっしゃった。辞退であれば猩写さんの負けですが、はっきり辞退したとも言い切れません。ところがハツさんもおなじ気持だそうです。となれば無勝負、勝負なしとするしかありません。勝ちは○」と、信吾は指で空中に図を描いた。「負けは×、辞退は△でした。無勝負は白い四角を描きまして、右上隅から左下隅に線を引きましょう。左上側を白いまま残し、右下側を黒く塗り潰します。これで白黒半々の勝負なしとなりました」

「さすがは席亭さんだ」

甚兵衛がそう言うと、ハツがぱちぱちと手を叩いた。

笑ったことのなかった猩写さえもが笑いを、この上もなく陰気ではあるが笑いを浮かべたのである。そして言った。

「それはそうとして、もう一番は指せるんじゃないかな」

「では、わたしがお相手願おう」

そう言って手を挙げたのは鬼切丸であった。その場にいただれもが色めき立った。

言いたい放題に厭味を言う、白星をならべて天狗となった猩写の鼻を、鬼切丸がへし折ってくれると期待したからだろう。

ところが、自分がこの生意気な男を叩きのめしてやる、との逸《はや》る気が空廻りしたのだろうか。猩写を投了寸前まで追い詰めながら、鬼切丸はどんでん返しを喰らって大逆転されてしまった。

信吾にとって思いもしない結果であった。あるいは自分は猩写に好感を持てぬばかりか、心の奥のほうで嫌っているために、冷静さを喪って実力が見抜けなかったのかもしれない。あるいはそうあってほしいとの思いが強すぎて、この男を過小に評価していたのではないだろうか。

強い弱いはともかくとして、猩写はこれまで一局も落としてはいなかった。すっきり勝ったことは一度もなく、常に紙一重で勝っている。勝ったと言うより、負けなかったと言ったほうがいいかもしれないが、ともかく勝ちを収めているのである。

そのとき信吾は、巌哲和尚の言ったことを思い出した。

「真の強者とは、圧倒的な強さで他を凌駕《りょうが》する者のことではない。負けない者を言う。鎬《しのぎ》を削って戦ってはいても、終わればわずかな差で常に勝っている。それが真の強者だ」

認めたくはないが、猩写はまさにそれに該当する。

会所内が異様な空気に包まれていた。笑うどころか、ごく短い言葉を遣り取りするだけで、話しあうことさえなくなった。まるで心が強張ってしまったようだ。

どうもおかしい。こんなことがあっていいはずがないではないか、などと思っているうちに、とんでもない事態に陥っていることにだれもが気付かされたのである。

そんな馬鹿なと思ったときには、有力どころが総崩れして、全勝の猩写に対抗できるのは三人だけになっていた。

猩写以外では甚兵衛と一般参加の一兵の二人が無敗で、桝屋良作が一敗で続いていた。優勝をねらえるのはここまでである。甚兵衛と一兵が猩写を倒せば、まだどうなるかわからない。一兵と桝屋、甚兵衛と一兵の対局も終わっていなかった。残りを全勝すれば、桝屋にも可能性は残されているのである。

異様な空気に重苦しさが加わってゆく。

第一回は一敗同士の同率決戦で優勝が桝屋良作、準優勝が甚兵衛となった。第三位が太郎次郎である。

ところがその三人は、三竦《さんすく》みの関係にあった。前年の大会本番で、桝屋が甚兵衛に負け、その甚兵衛が太郎次郎に敗れたのである。続いての勝負で、太郎次郎が桝屋に負けてしまったのだ。

太郎次郎が二人と僅差の三位だと信吾が判断するのは、太郎次郎が二敗目を喫した人物に、甚兵衛も桝屋も勝っていたからである。

猩写はその太郎次郎を負かしていた。きわどい接戦ではあったが、勝ちは勝ちである。

それだけに桝屋と甚兵衛が猩写を攻略できるかどうかで、すべてが決まることになった。
貼り紙を見て参加を決めた人たちは十三日目の勝負を見届けると、個々にあるいは連れ立って帰って行った。会所の客たちも少しずつ姿を消し、気が付くと数人が残っていた。

甚兵衛、桝屋、素七、そして信吾である。素七は前年の大会には出場したが、今年は上位には喰いこめそうにないと断念し、見物に徹していた。

「ここまで来れば、あれこれ言っても始まりません」と、信吾はなるべく冷静さを保ちながら言った。「気持を新たにして、全力を尽くしてください、としか申せませんが」

「席亭さんのおっしゃるとおりです」と言いはしたが、甚兵衛の声は沈んでいた。「無様なところだけは見せられませんからね」

「てまえの場合は無様そのものです」と、言ってから桝屋は苦笑した。「こんなことだから、勝てないのでしょうが」

「呪《のろ》いとか呪《まじな》いってもんを掛けたんじゃないですか、あの男。猩写という名からして、いかにもまやかしっぽいじゃありませんか」

思い詰めたように素七が言った。甚兵衛と桝屋が、言うに事欠いてなんてことをという顔になったのは、最初の二つの言葉があまりに強烈だったからだろう。ところが素七の目に籠る異様な色に、言葉を発することができないらしい。

素七は四十歳で妻を亡くしたが、後添いをもらわなかった。見世を弟夫婦に譲り、隠居手当をもらって暮らしている。五十一歳だが顔中が縮緬皺《ちりめんじわ》に被《おお》われているので、還暦に、ときに古希にさえ見えないこともない。そんな男がぼそぼそと喋ると、うっかり口出しできないのである。

ほとんどの者が帰ったのに素七が残ったのは、よほど言いたいことがあったからにちがいない。それがまさか「呪い」だとは、信吾は思いもしなかった。

「だって、そうとしか思えませんよ」と信吾を見てから、素七は甚兵衛と桝屋に目を移した。「朔日の夜、猩写は席亭さんに、前年の上位入賞者を紹介してくれるよう頼みました」

「はい。拒む理由はありませんし、と言うより、おなじ大会に出られますので紹介すべきですから」

「そりゃそうです。ただね、会所のみなさんが、まるでインチキに遭ったように次々に負けるってのは、いくらなんでもおかしかないですか」

「おかしいと言われても、多くの方々がご覧になっている所では、いくらなんでもインチキはできないでしょう」

「勝負の場ではね」

「てまえにはよくわからないのですが、素七さん。と申されますと、どこで、それともいつ、とおっしゃるのでしょう」

「席亭さんがみなさん、甚兵衛さんや桝屋さん、いらっしゃらない方、帰られた方もあったので七人を紹介されました」

素七がなにを言いたいのか、信吾はますますわからなくなった。ほかの二人もおなじ思いらしく、戸惑ったような顔をしている。

「席亭さんが紹介なさると、猩写は一人一人を喰い入るように見ておったでしょう」

そのとおりなのでうなずくしかない。信吾はあのとき、猩写が相手の名前と顔を脳裡に刻みこんでいるのだと思った。

「どなたも、あのとき、あの男に呪いを掛けられたにちがいありません」

「呪いですって。そんな馬鹿な」

一笑に付そうとしたが、素七は縮緬皺に囲まれたちいさな目でじっと見ながら言った。

「勝負を思い出してご覧なさいよ。猩写がまともに勝ったことがありましたか。相手が信じられぬような見落としをしたり、凌ぎに凌いでるときにうっかりちがう駒で受けたり、いや、考えた末かもしれませんが、その考え自体がちがっていた。それは猩写って男に、呪いを掛けられていたからなのです。どこかで、ほんのわずかな時間でしょうが、自分ではなくなっていた。あるいは自分を喪っていた。そのときは猩写に心を乗っ取られていたのです。でなきゃ、負ける訳がない。みなさんは、あの男が本当に強いと思っておられますか」

そう言って見詰められると、答えに窮してしまう。

なぜなら、この辺があの男の限度だろう。あとは放っておいても崩れてゆくと思っていたのだ。ところがそうならないので、奇妙でならなかったのである。かと言って、素七の呪い説を受け容れられる訳がない。それは甚兵衛も桝屋もおなじであったはずだ。

待てよ、と信吾は奇妙な思いに囚《とら》われた。素七の言った呪いも、あながち妄想ではないのかもしれないと、そんな気がしたのだ。

源八が猩写にハッとの対局がすんでいないことを質《ただ》したときに、猩写はハッとは指したくないと言った。なぜなら「子供には邪気がない」と洩《も》らしたのである。ということは猩写には邪気がある、いや邪気にまみれているのが、本人にはよくわかっているということではないのか。

だとすれば、邪気を捨てれば、なくせば勝てるということだ。それは天啓に思えた。

しかし甚兵衛と桝屋を見たとき、話してもとてもわかってもらえないだろうと思ったのである。しかし言うだけは言っておこうと思ったが、心は虚《むな》しさに閉ざされてしまった。

「だれにだって邪気はあります。しかしその邪気を捨てて無邪気になれれば、猩写さんに勝てるかもしれませんよ」

言い終わった瞬間に、それがまるで通じていないのがわかった。

素七に妙なことを言われているのはわかっているのだが、どこがどうおかしいとは明確に言えないのである。

なぜなら猩写の勝った対局を見ていて、なぜなんだと、素七が言ったようなことを何度も感じていたからであった。おかしい、どこがどうとはいえないが、ともかくまともじゃないと、思い続けていたからかもしれない。

十二

そして十四日の朝。

信吾は普段どおり五ツ(八時)よりかなり早く会所に顔を出したが、五ツの鐘が鳴ってもだれも来ない。すでに大会関係では、夜の対局しか残されていなかった。

前夜、見応えのある対局が続いたので疲れたのだろう。たっぷりと眠って夜の勝負を楽しみたいと、だれもが思っているにちがいない。

客が来たときのために、八畳間にも六畳間にも火鉢や手焙りが置いてある。一度熾《おこ》した炭には灰を被《かぶ》せ、炭入れには炭を満たしてあった。客が来れば灰を除いて炭をくべる用意はできていた。

常吉は手焙りの傍で、真剣な顔をして詰将棋の問題集を開いている。ときどき指を押したり引いたりするのは、頭の中の将棋盤の駒を動かしているのだろう。

庭には椋鳥《むくどり》が十羽ほどいて、しきりとあちこちを突いていた。褐色と灰色の混じった羽毛に被われた地味な鳥だが、嘴《くちばし》と脚が黄色いので動くとよく目立つ。

ぼんやりしていると、十日をすぎてからの猩写の対局の数々を思い出してしまう。素七は信吾が上位の面々を紹介したとき、猩写が一人一人に呪いを掛けたと言った。

まてよ、と信吾は思った。信吾はこれから対局する人たちを紹介したのである。その一人一人を凝視したのは、素七に言わせると猩写が呪いを掛けていたからだ、ということになる。とすれば猩写は信吾には呪いを掛けていないということだ。

なにを馬鹿なことを考えるのか。主催者であって猩写とは対局しないから当然ではないか。

心の裡で苦笑しても、思いはすぐに素七の言ったことに及んでしまう。まるで妄念ではないか、ばかばかしい。

「常吉」

邪念を払いたかったからだろうか、信吾は思わず声を掛けていた。

「へーい」

「だれも来そうにないな。いい機会だ。相手になってやろう」

「対局でございますか」

常吉は、飛びあがらんばかりの喜びようであった。対局と言っても、正式な勝負ではなくて指導対局である。

常吉がよくない手を指すと、それより有効な手を何手か示し、その中より一手を選ばせて進める。問題のある手を指せば指摘して、その繰り返しであった。

指す手の多様性と、どこに着眼するのがよいかを学ばせるには、実に効果的な方法と言える。何度かやっていると、次第にいい手を選ぶようになるのでそれがわかるのだ。

五ツ半をすぎて最初の客が姿を見せた。家にいても暇を持て余すだけなので、仕方なくやって来たらしい。

中断して常吉が茶を出すと、盤側に坐って見るともなく見ている。おなじような人はほかにもいて、四ツ（十時）ごろには五人になった。

「ぼんやりしていてもしょうがないので、一番願えますか」

そんなふうに対局を始めても、途中からは雑談になってしまう。行き着くところは、夜の対局者と勝負の行方についてであった。

猩写とは一体どんな男だ、から始まって、桝屋や甚兵衛にも意地があるからそのままではすまないだろう、と進む。いつも笑みを絶やさない一兵は、もしかすると相当な大物ではないだろうか、などと取り留めない話ばかりである。

「猩写さんて強いんでしょうか」

つぶやいたのは客ではなくて、盤の反対側にいる常吉であった。

「全勝しているくらいだから強い。弱けりゃ全勝できる訳がないからな」

「でも、本当に強いんでしょうか」

「どういうことだ」

だが常吉は黙ってしまった。ふと思ったことを洩らしたものの、自分の手番なのでそちらに思いが行ったのだろうか。ややあって常吉が指したのは、なかなかいい手であった。信吾はそれほど間を置かずに駒を動かした。

「源八さんに猩写さんと指してみないかと言われて、ハッさんは断りました」

「ああ。猩写さんが自分と指したくないのなら、自分も猩写さんと指したいと思わないと言ったな」

「ハッさんは、おいらとおなじ気持だったのだと思います」

商人はたとえ仕事ではなくても、自分のことはてまえと言わなければならないと、信吾は日ごろ言っている。しかし咎《とが》めはしなかった。常吉がなんとか気持を伝えようとする、ひたむきな思いが感じられたからだ。

「おなじ気持、とは」

「猩写さんは強いけれど、本当の強さじゃない。だからあの人から学べるものはないと思いました」

信吾は信じられぬ思いであった。これが十三歳の子供の言うことかと思ったからである。

「なぜ、そう思う」

「旦那さまは、人と人のあいだで一番大事なのは礼、礼儀だと言われました。礼とは人の踏みおこなうべき道だと。訳がわからないでいたら、相手をうやまって大切にすることだと言われたのです。だから将棋を指す人は、勝負のまえとあとで、勝ち負けはべつにしてお辞儀をするのだと旦那さまは教えてくれました。狸写さんは、一番大事な礼ができていません。だから本当の強さではないと思います」

うーん、と信吾は唸ってしまった。たしかにそういうことを言ったことはあったが、常吉がそこまでちゃんと受け止めていたとは、思いもしなかったのである。

「常吉はハツさんとそんなことを話したのか」

「いえ、でも気持はおなじだと思います」

「そうとも、だからハツさんは断ったんだ」

信吾がそう言うと、常吉はここまで喜ぶかというほどの笑顔になった。

「常吉つぁん、茶を一杯頼む」

「へーい」

常吉は信吾にちいさく頭をさげると、そちらに向かった。

商売人の勘かそれとも知恵かもしれないが、担ぎの蕎麦屋と饂飩屋は姿を見せなかった。出前の註文取りの小僧も来ない。

結局、午前中にやって来た客は一桁止まりである。

昼の九ツ半（一時）をすぎると少しずつ来始めたが、嫁が邪魔もの扱いするとか、横になっても眠れるものではない、などという持て余し組がほとんどだ。

それがふしぎなことに、七ツ（四時）近くなると人で溢《あふ》れていたのである。噂を聞いたからだろう、野次馬や見物人もいつもより多い。常吉が盤をあいだに座蒲団《ざぶとん》を並べていたが、対局する者はいなかった。

気が付くと会所の常連も一般参加者も、めぼしいところは顔を揃えていた。

それだけではない。いつの間にか蕎麦と饂飩の、うまそうな出汁の匂いが漂っていたのである。

七ツの鐘が鳴ってほどなく、猩写と一兵がほとんど間を置くことなく姿を現した。いっしょに来たのかと思ったが、そんなはずはない。猩写は日光街道、つまり西から、一兵はその反対の河岸沿いにやって来たのであった。

一兵はいつもと変わらず満面を笑みで満たし、声には出さないがその場の面々と目礼を交わした。

一方の猩写は例によって悪い顔色をしていたが、緊張したようすは見られなかった。

無愛想なのはいつもとおなじで、挨拶もしなければ、目をあわそうともしない。

「それでは対局者のみなさまが揃いましたので、始めていただきます。念のために申しますと、全勝が一兵さん、猩写さん、甚兵衛さん。一敗で続くのが桝屋さんとなります。優勝、準優勝、第三位はこの四名の方の中から決まります。組みあわせ方は何通りか考えられますが、桝屋さんと甚兵衛さんの対局はすでに終わっておりますので、第一局は一兵さんと猩写さん。第二局は猩写さんと甚兵衛さん、そして同時に、第一局を終えられた一兵さんは桝屋さんと願いとう存じます。つまり二組に、並行して対局していただくことになります」

八畳の表座敷に勝負の場を設《しつら》えた。片方が床の間を背にするのではなく、双方が床の間を横にして座を占めた。振り駒で猩写が先番となり、火蓋が切られた。緊迫した場面の連続で、その競りあいのすさまじさは、笑いを絶やしたことのなかった一兵の顔から、笑みが消えたことからもわかろうというものだ。

おそらくその場の全員が、心の裡で一兵を応援していたのではないだろうか。しかし一刻に及ぶ攻防を制したのは猩写であった。

「一兵さん、猩写さん、お疲れさまでした。ここでわたくしから提案がございます。実は先ほど、引き続き第二局をと申しましたが、死闘を続けられたお二人にはあまりにも過酷だという気がいたします。明日の七ツすぎより、猩写さんと甚兵衛さん、一兵さんと桝屋さんの対局を並行しておこなってはいかがでしょう」

「席亭の温情はありがたいが」と、猩写が首を横に振った。「大会に参加されたみなさんは、どなたも続けて戦われた。優勝争いに関わるからと特別扱いされては、ほかの方に申し訳ない」

　信吾は猩写から初めて、まともな意見を聞いた気がした。

「真っ当なお考えだと思いますが、大詰めとなった現時点では、じっくりと取り組んでも許されるのではないでしょうか」

　信吾は、もう一人の当事者である一兵に目を向けた。

「わたしも、猩写さんのおっしゃったことが正論だと思います。一つの大会ですから、一貫して進めないと、却《かえ》って不公平になりますからね」

　猩写がああ言った以上、一兵はできれば明日にしてもらいたいとは言いにくかったのかもしれない。

　信吾はその場の人たちの考えを知りたくて、顔を順に見廻した。

「続行すべし」が全員の総意だと、顔を見ただけでわかった。そうかもしれない。自分が対局しないとなると、だれだって早く結果を知りたいと思うはずだ。

　信吾は苦笑するしかなかった。

「八畳に一組と、六畳に一組としますか」

常吉がそう訊いたが、八畳間に少しあいだを開けて二組作るように言った。

「両方を見たい人が多いだろうから」

それは言い訳に近かった。八畳と六畳に分けると、優劣を付けたように思う人がいるかもしれない。床の間の付いた八畳が上、と見る人がほとんどだろう。どうでもいいことかもしれないが、主催者の信吾はいらぬ気を遣ってしまうのである。

部屋の境の襖はとっくに取り外してある。二つの盤を六畳間に近い位置に、あいだを開けて置いた。両方の部屋の見物人に見やすくしたのである。

猩写と甚兵衛の対局は、目の離せぬ鍔迫《つばぜ》りあいとなった。まさに手に汗握る伯仲した好勝負である。指したほうが有利に感じられ、次の一手で優位が入れ替わるという熱戦が続いた。

もう一局は思ったより早く勝負が付いた。半刻ほどで桝屋が投げたからである。前年は優勝している桝屋の不調が、信吾には信じられなかった。もしかすると体調がよくないのかもしれない。

そして片方は猩写が勝者となった。なんとしても自分がと思っていたにちがいない甚兵衛は、さすがに落胆がひどく、見ているほうが辛くなるほどだ。

この結果、全勝が猩写、一敗が一兵と甚兵衛、二敗が桝屋となった。

翌十五日は猩写と桝屋、一兵と甚兵衛の二局で、その決着ですべてが終了する。全勝の猩写との対局がここに組まれたのは、桝屋にはなんとも気の毒であった。

いやそう断定しては、それこそ桝屋に気の毒ではないか。桝屋が勝てば一兵と甚兵衛の勝者と、猩写の優勝決定戦となるからだ。

十三

そして、十五日を迎えた。

前日とおなじく大人たちは顔を見せなかったが、手習所が休みなので五ツまでには若年組のほぼ全員がやって来た。大人がいないこともあって、いつもより騒々しい。しかし信吾は注意しなかった。子供はもともと騒ぐもので、自分もそうであったからだ。自由にさせられる機会など、そうあるものではない。

話題はなんといっても将棋大会、というよりハツに集中した。

「信吾先生。ハツさんは何位ですか」

紋がそう訊いた。ハツに憧れているというより、信奉していると言ったほうがいい。

「ハツさんか、すごいぞ」

「ねえ、焦らさないで」

すぐに順位を言わなかっただけで、焦らしたと感じるくらい知りたがっているのである。

「十一位」

「それは決まりなの」

「ああ、対局は今夜の二局を残すだけで、ハッさんは全部終わっている。上のほうの優勝争いに関わりなくハッさんは十一位だ」

「十一位だと、去年は十二位だったから一つあがったのね」

「いや。ぐーんとあがった」

「だって十二から十一じゃ、だれが数えたって一つでしょ」

「今年は会所以外からも、たくさんの人が来ているのは紋も知っているだろう。夜しか出られない人の中に、強い人がいっぱいいる。ハッさんは十一位だけど、それは夜の強い人も入れた全体での順位なんだ。会所の中だけだったら、何位だと思う」

紋に訊いたのにそこにいる全員が答えた。ほとんどの者が七位か八位と言った。

「驚くなよ、と言うのはきっと驚くぞ、みんなおおいに驚けよってことなんだけどな。なんと、ハッさんは、五位だった」

「ひゃー」

「去年は勝ち星が並んで、五位が三人いたのは知ってるな」

「夢道さん、島造さん、平吉さん」

子供たちは声を揃えて名を唱えた。若い夢道は人気があって、いつも源八に皮肉を言ってからかっている平吉は、子供たちの評判がよくないようだ。だから自然とその順になったのだろう。

「ハッさんはその三人全部に勝った」

またしても「ひゃー」で、収まりが付かないほどの騒ぎになった。

信吾はしばらく見ていたが、一向に鎮まらないので両手を挙げて制した。

「みんなは、ハッさんのようになりたいだろう」

「なりたーい」

「だったら強くならなきゃ。騒いでいてはなれないぞ」

信吾がそう言って指差すと、常吉と直太が駒を並べ終わったところであった。手習所が休みの日の朝は、対局をしながら、常吉が全員に解説付きで教えていた。

それを見てわれに返ったらしく、ようやく子供たちは静かになった。午後は、ハツが紋と対局しながらほかの子供にも教える。

ところが五ツ半になっても、大小の下駄の音はしなかった。

大会最終日で対局が夜の二試合だけということもあり、午前中は大人は一人も顔を見せなかった。

昼飯を食べ終えた人たちが、九ツ半ごろからぽつぽつと姿を現し始めた。来たら話題は夜の二つの対局しかない。

ところが、やはりハツは来なかった。夜の対局を観戦するつもりだとしても、八ツには来るだろうと思っていたが姿を見せない。あるいは平兵衛の具合がよくないのかもしれないと、信吾はそれを心配した。

「ハツさんが来るまでのあいだだけだよ」

常吉がそう断って紋と指導対局を始めた。するとおもしろがった大人たちが見物を始めたので、常吉も紋もやりにくそうであった。

「みんなごめんね」

ハツが平兵衛に付き添われてと言うか、祖父の肘を支えながらやって来たのは、七ツ近くなってからであった。若年組は歓声をあげて女チビ名人を取り巻いたが、いつまでもそうはしていられない。帰らないと母親に叱られて、次に外に出してもらえないからである。

ハツを残して若年組が名残惜しそうに引き揚げると、おなじ場所かと思うほど雰囲気が変わった。間もなくおこなわれる勝負と、その結果がもたらすあれこれが頭を占めて、だれもが言葉少なになってしまったからだ。

そして七ツの鐘が鳴った。

ほどなく一兵と猩写が、さほどの間を置かずに格子戸を開けて入って来た。

信吾は黙ってうなずき、目で席を示した。

振り駒で先手後手を決めるのだが、甚兵衛も桝屋も下手側に坐って待っていた。それぞれの席に坐り、駒を振って先手を決め、駒を並べて頭をさげると、勝負が開始された。

ただ四人のうちで猩写だけはお座なりであった。対局まえの礼も、上の者が下の者の礼を形だけ受けたと見えたほどである。

七ツすぎに始められた二組の対局は、対照的なちがいを見せた。本来なら昨年の優勝者桝屋良作と飛ぶ鳥を落とす勢いの猩写の一戦は、今大会最大の熱戦となるはずであった。ところが如何《いかん》せん、前回の覇者桝屋は体の具合でも悪いのか、すでに二敗していたのである。

七割以上の参加者や見物人が、一兵と甚兵衛戦を息を呑んで見守っていた。それだけ熾烈《しれつ》な戦いだったということだが、調子を落としている桝屋が傍若無人と言っていい猩写にいたぶられるのが、見るに忍びないということもあるだろう。

桝屋は七ツ半に、わずか半刻で投げざるを得なかった。深々と頭をさげたが、猩写は腕組みをしてふんぞり返ったままで、それを見た多くの者が眉を顰《ひそ》めた。

「信吾さん、ちょっと早かったかしら」

素早く席を立つと信吾は声のほうに急いだ。

「お峰《みね》さん、すみません。少し待っていただくことになりますが」

板の間の先の土間に、前掛けを締めて用意を整えた峰が立っていた。信吾が波乃といっしょになるまで、常吉と二人分の食事、掃除と洗濯をやってもらっていた通いの女中である。

酒は用意してあった。簡単な料理は宮戸屋から届けられるが、多人数なのでとても常吉と信吾だけでは捌《さば》き切れない。だから峰に臨時に手伝いを頼んでおいたのだ。

そこへ宮戸屋の小僧三人が、両手に提げ桶《おけ》を持ってやって来た。あとを峰と常吉に頼んで信吾は八畳間にもどった。

一兵と甚兵衛の一戦はかなり際どいせめぎあいが続いていたが、六ツ（六時）をすぎたところで甚兵衛の勝ちとなった。一兵と甚兵衛は互いを讃《たた》えて深々と頭をさげた。

すべての対局が終わり、将棋会所「駒形」第二回将棋大会の結果は次のようになった。

優勝猩写、準優勝甚兵衛、第三位一兵である。以下は桝屋、鬼切丸、蔵前、太郎次郎、日永、権三郎、そして第十位が木留戸となった。最近通うようになった二人の武士のうち蔵前は六位に入ったが、もう一人の柳橋は二十二位で終わっている。

念のため会所内での順位を示すと、第一位が甚兵衛で、以下は桝屋、太郎次郎、権三郎、ハツ、夢道、島造、平吉となって、なんといってもハツの五位が目を引く。

異様な雰囲気であった。興奮、高揚とともに、虚脱感と言えばいいのだろうか、すべてが終わったという虚しさだけでなく、なんとなく遣り切れない空気が感じられたのである。

信吾は立ちあがると深くお辞儀をした。

「みなさまお疲れさまでした。特に対局を終えられた四人《よったり》には、本当にお疲れさまでしたと、心より申しあげます。それではただ今から、打ちあげをおこないますが、すぐ用意を整えますので少しだけお待ちくださいますよう」

峰と常吉が準備をするあいだに、信吾は奥の六畳間に移った。用意しておいた紙の包みに、名前を書き入れるためである。第二回駒形将棋大会とし、優勝、準優勝、第三位と賞金額などはすでに書いておいたので、名前を入れるだけでよかった。

墨の乾くのを待って、信吾は八畳間にもどった。

「それでは表彰に移るとしましょう。優勝は猩写さんに決まりました」と言って、信吾は賞金を入れた包みを部屋中の全員に見せた。「賞金は八両となります」

拍手が起きたが、義理で仕方なくとの顔の者が多かったようだ。猩写はにやりと薄く笑うと、包みを無造作に懐に捻《ね》じこんだ。

信吾が甚兵衛と一兵にも包みを手渡すと、二人は深々とお辞儀をして受け取った。拍手が起きたが、おなじ拍手でも猩写のときとちがってずっと温《ぬく》もりが感じられた。

将棋会所は大黒柱を中心に、田の字に部屋が配されている。八畳の表座敷と奥の六畳の境は壁となっているが、それ以外は襖であった。それらは取り払われていた。

参加者も見物人も思い思いに車座になった。その中心に一升徳利《いっしょうどっくり》を据えて酒を注ぎあい、大皿から小皿に料理を取り分ける。酒が入ったこともあって、たちまち話に花が咲いた。

見ると猩写の傍にはだれもいない。それまでの傲岸不遜な態度や、自分が勝った相手に痛烈な言葉を投げ付けながら、武士には勝っても黙っているという、裏表のあるところが嫌われたのだろう。

だからと言って主催者として放っておく訳にもいかず、信吾は傍に行くと徳利を持ちあげて猩写の湯呑茶碗に注いだ。

「去年の優勝者だってんで楽しみにしていたんだが、桝屋さんですかい」

桝屋という名が出ると同時に、談笑する声が一度に消えた。猩写がなにを言い、信吾がどのように対するだろうかとの思いが、だれにもあったからだろう。

「それに一兵って人が息切れしたので、辛うじて勝てた甚兵衛さんてのが準優勝ってんだから、将棋会所の看板は取りさげるべきだろうな」

喧嘩《けんか》を売るのが目的で、さんざん煽《あお》っておなじ土俵にあがらせるのがねらいだとわかった。となればこちらにも遣り方がある。

「猩写さんは大会に出ていただいたので、これまでなにも申しませんでしたが、物事には限度というものがございます。今の発言はあまりにも失礼ではないでしょうか。取り消した上で、謝っていただかねばなりませんね」

「謝るってかい。一体だれに対して」

「今名前を挙げられた方たち。それに名こそ出されませんでしたが、将棋会所のあるじであるわたくしに対してもです」

「嘘《うそ》を吐《つ》いたのなら、文句を言われてもしょうがないし、謝りもしよう。だがこっちは本当のことを言っただけなのに、それがなんで謝らなきゃなんねえんだよ」

「たしかに猩写さんは桝屋さんに勝たれました。なぜなら桝屋さんは体調を崩され、本調子じゃありませんでしたから。と言うより」

「席亭さん、いいではありませんか。てまえが負けたのは事実なのですから」

まるで険悪な空気が生じた原因が自分にあるかのように、申し訳なさそうに桝屋が言った。信吾は笑いながら首を振った。

「本調子の桝屋さんなら、猩写さんはとてものこと太刀打ちできません。猩写さんはそれがわからずに、とんでもない勘ちがいをなさっているのですよ」

まるで留金が外れでもしたように、猩写が笑い始めた。引《ひ》き攣《つ》ったような笑いである。おもしろく愉快でたまらないときに発するのとは、対極にある寒々しい笑いであった。

ひとしきり笑ってから猩写は信吾に言った。

「謝ってやってもいいぜ。おめえさんはいちゃもんを付けて、なんとしても謝らせたいんだろう」

「いちゃもんを付けるつもりはありませんが、謝ってもらわねばなりません」

「だから謝ってやってもいい、と言っててんじゃないか」

「条件があるのでしょう」

「さすが席亭さんだ、読みが鋭い」

「話によっては受けてもいいです」

「当然だろう。おれだって、無茶を言って困らせる気は欠片《かけら》もないからな。話は簡単だ。おれと勝負しろ」

「対局ですね」

「ジャンケンとでも思ったのかい。ここは将棋会所で、将棋大会が終わったばかりだろうが」

笑いが起きたがすぐに消えた。

「おれと勝負して、おれに勝ったなら謝ってやろう」

「それだけですか」

「ああ」

「でしたら受けましょう。わたしも負けたら謝ります」

「謝るって、どうして」

「大会主催者として、参加者の猩写さんに不愉快な思いをさせましたから、当然詫びなければなりません」

「いい心掛けだ。ところでさっき、それだけですかと訊いたのは」

「猩写さんが勝ったら、この将棋会所を寄越《よこ》せくらいのことは言いかねないと」

「そんな気は微塵《みじん》もねえよ」

「そうですよね。ここを引き継いでも、すぐに潰してしまいますから。猩写さんが席亭じゃ、お客さんがだれも来ないでしょう」

「けッ、抜かしやがる」

「ではみなさん、わたしたちは勝手に因縁の勝負とやらに掛かりますから、気になさらず料理とお酒をお楽しみください。と言っても勝負が気になって、とてもそんな気になれませんか。でしたらすぐに片付けますから、見物しながら少しお待ち願います」

陰気な顔が「すぐに片付けます」を聞いた途端に歪《ゆが》んだのは、憤怒のためだろう。

十四

駒を並べているあいだ、本来ならすべきことではないが、信吾はさりげなく猩写に話し掛けた。

「わたしは二十一歳になるのですがね」

「席亭の齢なんか知りたかねえよ」

無視すべきなのだが猩写は応じたのである。

「名付け親には子供のころから、それにしても無邪気なやつだと言われ続けていたのです」

猩写は無邪気という言葉に、なにを言い出すのだと思ったようだ。一瞬だが信吾を見たのが、盤を見ていてもわかった。ハッとは指したくないと言った理由が、「子供には邪気がないから」だったので、軽くからかったのである。

「つい先日も、その無邪気さは一体どういうことなんだと言われましてね。子供ならともかく、二十一歳の大人に対して言うことではないじゃありませんか、無邪気ってんですから」

「それがどうした」

「どうもしません。ただ、猩写さんを見ていますと、無性に無邪気な将棋を指したくなりましてね。ま、ともかく始めましょうか」

そう言って信吾は深々と頭を垂れたが、猩写は首をわずかに前後に振っただけであった。まるでお辞儀とは思えず、「フン」と顎を突き出したように取れないこともない。

先番の猩写がおもむろに、飛車先の歩兵を突いた。

間、髪を容れず、信吾は歩兵を突いて角道を開けた。即座に指すとは思いもしなかったらしい。猩写は上目遣いに信吾を一瞥してから、盤面に目をもどした。猩写がどう指すかがわかっていたか、あるいはどの手にはどう応じるか決めていた、とでも思ったのだろうか。

　しばし考えて猩写は飛車先の歩兵をさらに一駒進めたが、手が駒を離れたときには、信吾は一瞬の間も置かずに角行の右に金将をあげていた。ごくありふれた手である。間なしに指したのは二度目だが、猩写は一度目より強烈ななにかを感じたらしい。

　猩写は思うところがあって、それなりに考えて駒を動かしたのだろう。だが、ほとんど同時に信吾が駒を進めた。

　以後もおなじような繰り返しだが、そのうちに猩写の考慮時間が次第に短くなっていった。急かされていると感じる訳ではないだろうが、少しずつ指すのが早くなってゆく。

　それが十数手進んだとき、「うーん」と呻《うめ》いて猩写が上体を伸ばし、右手を顎に当てると考えに耽《ふけ》り始めた。つい信吾にあわせてしまって、自分の呼吸に狂いが生じたことに気付いたのかもしれない。

　それまでの流れからすると、長考、それも大長考である。猩写が間を置くことで気を鎮め、自分を取りもどそうとしているのがわかると、信吾はそれを利用することにした。「ありがたい」と、思わず洩らしたようにつぶやいた。「これでじっくりと考えられる」

なにも言わないし、わずかな動きもなかったが、信吾には猩写が動揺しているのがわかった。指せば即座に指し返す。考えを巡らせると、信吾はあらゆる手に、その何倍もの反撃を組み立てていると思ったのだろうか。つい熟考せずに指してしまったらしい。信吾はすぐには指し返さず、かなりの間を取った。その局面では大抵の人が、初心者であってもそう指すであろうという手を、これしかないというふうに確信に満ちた顔で指したのである。

　これが猩写を混乱させたのがわかった。あまりにもと言えばあまりな手であったが、平衡感覚を喪いかけた猩写には、そうは思えなかったのかもしれない。背後にどのような秘策が用意されているのかと、棋譜の進行とズレた方向に考えが向いてしまったのだろう。

　考えに考え、迷いに迷ったであろう猩写の指し手に、信吾は待っていましたとばかり、音高く駒を叩き付けた。猩写がぎくりとなるのがわかった。

　その時点で、猩写が完全に自分の呼吸、調子で指すことができなくなってしまったのがわかった。以後、猩写は自分を取りもどすことができなかったのである。

　均衡を崩してしまった猩写は、もはやどう足掻《あが》いても挽回《ばんかい》できなかった。

　猩写は膝に両手を突き、猫背気味の背をさらに丸めて盤に伸《の》し掛かるようにしていた。

　やがて右手を駒置台に伸ばすと、持ち駒を盤上に投げた。

負けを認めたのである。

「猩写さん、男なら約束を守れますね」

信吾がそう言うと、猩写は煮え滾《たぎ》る坩堝《るつぼ》のような目を向けた。頰がしきりと痙攣《けいれん》している。

「約束を破れば、浅草の町を歩けなくなりますよ」

「わかったよ。謝りゃいいんだろう、謝りゃ」

そう言ったものの、どうしても謝罪の言葉を続けられないらしい。信吾はそうなるのがわかっていたというふうに、笑いながらうなずいた。

「ようございます。よくわかりましたから、これ以上の無理強いはいたしません」

「なんて言い種《いいぐさ》だ。恥の上塗りをさせようとしやがって。なんて目で見やがる。……謝るよ。謝りゃいいんだろう。……すまなんだ。悪かったな」

あとは無言のままで、猩写は桝屋良作、一兵、甚兵衛、信吾に目を移した。見られてだれもが顔を強張らせたが、信吾は静かに微笑んだ。猩写は「すまなんだ」「悪かったな」だけで、謝罪は終わったつもりでいるらしい。

「大会は来年もやりますので、猩写さんも是非参加してください。ですがその腕では、とても勝ち抜けませんよ。挑む気があるなら、腕を、いや磨かなきゃならないのは心のほうでしょうね」

猩写は唇をひくつかせたものの、言葉にはならなかった。膝をおおきな音を立てて叩くと、勢いよく立ちあがった。参加者と見物人が身を引いたので、出入口に向けて一本の細い道ができた。

常吉があわてて揃えた雪駄を突っ掛けると、猩写は格子戸を開けて外へ出た。後ろ手で叩き付けるようにして閉めると姿を消した。

「それにしても席亭さんはすごいお人です」と、感に堪えないという口調で甚兵衛が言った。「将棋もお強いですが、あの人に謝らせましたからね。あしらい方がなんとも見事でした」

「それよりみなさん。料理がほとんど進んでいないではないですか。冷めないうちに、と言っても冷めきってしまいましたね」

「旦那さま」と、常吉が言った。「温かいときでないと食べられない料理はありません。冷めても大丈夫です」

「将棋大会ですから、こういうことになるかもしれないと、冷めてもおいしくいただける物を、料理人が考えてくれたんでしょうね」

桝屋良作が、大店《おおだな》のご隠居らしく種を明かすように説明した。

「五ツ（八時）までと考えていましたが、余計なことに時間を取られましたので五ツ半、場合によっては木戸の閉まる四ツ（十時）まえまで、打ちあげを続けましょう。常吉、酒はまだあるだろうな」

「へーい。大丈夫です。足らなくなれば、お正月用のを使いましょう」

歓声が起きた。

「常吉、すぐ手代に出世だぞ」

そう言ったのは信吾ではなくて平吉だった。

「席亭さんはお強いと、甚兵衛さんがおっしゃっていたが」と、顔中を笑みにして一兵が言った。「わたしたちのだれもが歯が立たなかったあの人を、こてんぱんにやっつけましたからね。これじゃ全員で立ち向かっても勝てる訳がありません」

「いえ、とてもそんなことは。みなさんは惑わされていたのだと思います」

「だから、席亭さん。それこそ、てまえが言っていた呪いですよ」

「なんですか、素七さん。急に」と、小馬鹿にしたように言ったのは島造である。「それも呪いなどと、訳のわからんことを」

「十三日の夜、みなさんが帰られたあとで、席亭さん、甚兵衛さん、桝屋さん、それにてまえが残って話したんですがね」

素七は師走朔日の夜に、夜しか来られない人に信吾が大会について説明したあとで、猩写が去年の上位入賞者を紹介してくれと言った話をぶり返した。猩写は紹介された一人一人を喰い入るように見ていたが、あのとき呪いを掛けたにちがいないとの主張をである。

「会所の人間だけにかね」

「席亭さんは一般参加の人も紹介しましたから。あのときもやはり猩写って男は、一人一人を喰い入るように見て呪いを掛け、惑わしたんですよ」

「惑わされただと。そう言えば、だれもが惑わされていたと席亭も言っていたな。どういうことだ」

そう言ったのは権三郎であった。猩写に負けた一人なので、信吾がなにを言いたいのかと、思わず口にしたらしい。

「気付かれた方もいらっしゃるでしょうが、あの人はしきりとみなさんを嗾《けしか》けていました。みなさんはうっかりと、それに乗ってしまわれたのですよ。見事に引っ掛かりました。てまえはそれに気付いたので、逆手に取ることにしたのです」

だれもが訳がわからぬという顔をしていた。

「これは檀那寺の和尚さんの受け売りですけれど。あれこれ仕掛ける者は、それが自分に向けられると意外と脆《もろ》いものでな、と和尚さんはおっしゃいました。あの人はみなさんに随分ひどいことを言いましたね。あれは対局するか、対局を終えた方にではなく、周りにいるほかのみなさんを挑発していたのですよ。それを何度も聞かされているうちに、みなさんはご自分の調子を狂わされてしまったのだと思います」

「何度も聞かされたからって、それくらいで調子を狂わされることはあるまい」

権三郎がそう言うと、もっともだと思ったらしく何人もがうなずいた。信吾は否定することなく、自分の考えを述べた。

「どなたもが、困った人だ、どうもかなわないな、なるべく関わりたくない、などと、あの人がなにか言うたびに、厭な思いをされたのではないでしょうか。それが積もり積もって、いつの間にか苦手意識になったと思われます」

「たしかにそうかもしれませんが」と、一兵が遠慮がちに言った。「日が経つにつれてそうなるとしても、最初のうち、だれもが苦手に思っていないときにも、あの人は勝っていますよ」

「相手がそれほど強くありませんでしたから。あの人が強い相手と対局するようになったのは後半です。あの人には、強くない人を見抜く目があったのかもしれませんね」

「席亭さんはそれを見抜いたって訳だ」

島造が笑いを浮かべたのは、見抜いたという言葉が続いたかららしい。なぜなら、こう言ったのである。

「見抜いた席亭さんは、あいつに対して手を打ったということか」

「そうです。あの人は言葉でそれをやりましたが、てまえはべつの方法でおなじことをやったのです」

はてどんな方法をとだれもが思ったらしく、天井を見あげたり、空中の一点に目を据えたり、目を閉じたりして考えていた。

「あッ」と、ちいさな叫びをあげたのは太郎次郎である。「目にも止まらぬ早指し、しかも早指しの連続。あれじゃ相手は、考えを纏められやしません」

「見抜かれましたか。目晦《めくら》ましを使いました。序盤の十数手に指す手は大体決まっていて、余程でなければ考えなくても指せます。てまえが早指しを繰り返しているうちに、あの人は調子を狂わせてしまったのですね。かといって長考に入れば相手を、つまりてまえを増長させてしまう。それですっかり焦ってしまって、自分をどうすることもできなくなってしまったのでしょう。種を明かせば、それがあの人の敗因です。自滅してしまったのですね」

話しながら信吾は噴き出しそうになった。甚兵衛や一兵が猩写を「あの人」と言ったときには、猩写と言うのが厭なので言い換えているのだなと思ったのである。ところが気が付くと自分もそれを、しかも頻繁に使っていたからだ。

「賞金を八両も持って行かれたのは癪《しゃく》でならんが」と、権三郎が言った。「席亭が灸《きゅう》を据えたのであの男も懲りて、当分はおとなしくしておるだろう」

「信吾、わしらは屋敷にもどらねばならん」

そう言ったのは、笑いながら聞いていた二人の武士のうち、豪放磊落《ごうほうらいらく》な柳橋であった。

「まだよろしいではございませんか。ご酒も少ししかお召しに」

「七ツに始まれば、長くとも六ツか六ツ半には勝負が決すると思うておったでな。もどりは五ツと届けておいたのだ。決まりがうるそうて、どうにもならん」

「それにしても楽しい思いをしたし、おもしろいものも見せてもろうた」と言ったのは、六位になった蔵前であった。「楽しみが増えたわい。来年は、もう少々上にあがらんとな」

日光街道まで二人を見送って信吾がもどると、だれもが笑顔で迎えた。

「ちょうどよかったですよ」と、甚兵衛が言った。「来年の大会にあの人が出るかどうかで、話が弾んでいたのですがね。席亭さんはどう思われますか」

「あの人次第でしょうね」

「と言われますと、どういうことですか」

「今回の手は使えませんから、べつの手を考え出すか、一念発起して腕を磨き抜くか」

「一念発起したって、一年ぽっきりじゃ、とても優勝をねらえるまでにはなれんでしょう」

そう言ったのは島造だが、この男が駄洒落《だじゃれ》を言うとは思ってもいなかったので、信吾は軽い驚きを覚えたほどだ。しかし「一念発起」と「一年ぽっきり」では、あまりにもお粗末である。

「そうとも言い切れませんよ。今年は一兵さん、鬼切丸さん、日永さん、木留戸さんなど、普段はいらっしゃらない強豪が大勢参加されました。なのにハツさんは十一位と健闘しましたからね」

突然、名をあげられて、驚きのあまりハツは目を真ん丸にした。

「ハツさんは昨年は十二位でした。今回は十一位ですが、一般参加の強豪を除いての順位では五位となります」

ほーっという驚きの声が部屋に満ちた。

「となればハツさんは来年は優勝争いですな」

一兵がそう言ったので、改めてハツに視線が集まった。全員に見られて、ハツは耳朶《みみたぶ》まで真っ赤になった。

「若い人は、伸びるときには驚くほど伸びますからね」と、甚兵衛が言った。「だがあの人は三十か三十代の半ばでしょう。一年でそこまで強くはなれません」

「てまえとしましては、あの人には出てほしくないですね」と、言ったのは桝屋良作である。「あの人とは対局したくないですよ。てまえはいまだに厭な思いに囚われています。来年もあの人が出るなら、あの人に対してだけは対局辞退しますよ」

よくわかります、というふうに何人もがうなずいた。

「今回のことを、特にあの人がいかにひどいかを」と、素七が言った。「みんなで、あちこちで言い触らしたらどうでしょう。そうすりゃ、気恥ずかしくて出場できませんから」

「それはまずいです」と、言ったのは甚兵衛である。「ああいう人ですから逆恨みして、なにをしでかすか知れたもんじゃありません」

「信吾先生」と、ハツが呼び掛けた。「あたしたち、そろそろ帰らなくっちゃ」

「気が付かずに申し訳ない。本所だから、のんびりしてられないものな」

信吾は格子戸までハツと平兵衛を見送った。「気を付けてな」

「はい。ではみなさん、お先に失礼します」

客たちがハツに声を掛けた。

「あの娘《こ》は強くなりますよ。素直で礼儀正しいですから」

日永がそう言うと、常吉がうれしそうな顔をしたのを信吾は見逃さなかった。

常吉だけでなくだれの顔も、半刻まえに較べると別人のように明るく、それが信吾を安堵《あんど》させた。

大会のあいだというもの、特に後半はどことなく重い空気に包まれていた。しかし最終日になって、しかもその大詰めで、多くの人が溜飲《りゅういん》がさがる思いをしたのではないだろうか。

空気が動いたのである。

新しい風が吹き始めたのだ。

大会のあいだ、信吾はときおり風を感じることがあった。だがそれは、次第に向かい風になろうとしていたのである。それが大会の終わったときには、追い風に変わっていた。

「来年も貼り紙で参加者を募ることに変わりはありませんが、参加した人がさらに力を付けて、飛躍できるような楽しい大会にしたいものですね」

「できますとも」と、大請けあいをしたのは甚兵衛だ。「今回のあの人に対するあしらい方を見れば、なんの心配もいりません。席亭さんは機転が利きますし、力ずくでという破落戸が現れても」

「武芸者ですから、席亭さんは」

何人もがおなじようなことを言った。

「ですから、護身術を齧《かじ》っただけで」

照れてうしろ頭を搔いた信吾は、こちらをじっと見ている常吉に気付いた。その目はハツを見る紋とおなじであった。信奉者の目だ。

解説

生島淳

次から次へと、決闘の場面が出てくるわけでもない。

いつもいつも、主人公の濡《ぬ》れ場、寝乱れ姿が売りのわけでもない。

本作で十一作目を迎えた「相談屋」シリーズには、他の時代小説とは違った展開の妙がある。いつの間にか読んでいる自分が、主人公の相談屋のあるじにして将棋会所の席亭、信吾が住む世界の住人になった気がしてしまう。

本作の『風が吹く　めおと相談屋奮闘記』には四編の物語が収められ、「口が裂けても」では信吾の語り口の妙、続く「一陣の風」では将棋会所に集う少年少女の成長、「猿だって悩む」では、このシリーズの特徴である信吾と動物との交流、そして「邪気と無邪気」では二回目を迎えた将棋大会に生まれた波乱が書かれる。

そして今回、私が読んでいて大きな発見があったのは、「口が裂けても」の三十七頁から三十八頁にかけての信吾と波乃の会話だ。信吾が犬や猫を見ていて、持ちかけられた相談の解決の糸口を見つけた話をしている。それを聞いた波乃がこんな言葉を漏らす。

「犬と猫とか、生き物ばかりですね」

「わたしも生き物だよ」

「でも信吾さんは、主役ではなくて脇役みたい」

「どこに光を当てるかで、おなじものでも主役になったり脇役になったり」

「端役にもなるということですか」

「その端役が、次の話では主役に躍り出ることがあるから楽しい。だから観《み》る人はおもしろいんだよ。主役のこともあれば、地味な脇役のこともあるけれど、人は登場人物のだれかに自分を見ることがあるからね。初めから、どうせ端役なんだからと割り切っている人もいるかもしれない。ところが次の芝居では、脇役が主役、端役が脇役、いや主役になることだってある。芝居にはなにがあるかわからない。だからだれもが夢中になるんだ」

　この会話、これそのまま「めおと相談屋奮闘記」の魅力そのものではないか！

　信吾は物語の柱であり、主役であることに寸分の疑いもないが、波乃が主役を張り、信吾は聞き役に回ることもある。

　相談者の人となり、あるいは相談内容によって自在に主役が入れ替わるのは本シリーズの大きな魅力となっており、私などはタイトルを見て、「さて、さて、どちらの先生の出番でしょうか？」と想像を掻《か》き立てられるようになってしまった。

それにしても、波乃の登場がシリーズに与える影響は、本当に大きかった。

波乃は「破鍋《われなべ》に綴蓋《とじぶた》」（『あっけらかん　よろず相談屋繁盛記』）に書かれるお見合いの席で、「まともでない男には、まともでない女しかあわないのですよ」と両家の面々が勢ぞろいしている場で堂々と言い放ち、颯爽《さっそう》と存在感を示すが、これだけの人物がめおと相談屋の女先生になったのだから、物語が動かないはずがない。私は、波乃の登場によって「よろず相談屋繁盛記」から、「めおと相談屋奮闘記」と看板がかわっただけではなく、物語が活発に動き出したように感じている。

いや、なによりも信吾が能動的になった。

独身時代の信吾は、相談屋のあるじとしては慎重派であり、将棋指しにたとえるなら、じっくりと玉を囲い、「受け」を得意とする棋風だった。読者には説明の必要はないが、信吾は武芸者と対等の強さを誇っているが、基本的にその技を披露する機会は限られている。武芸でも受けなのだ。

そこに波乃が加わってどうなったか。

波乃はお見合いの席で啖呵《たんか》を切るくらいの傑物だから、とにかく動く。こちらを将棋の棋風でたとえるなら、振り飛車、棒銀、角換わり、あるいは急戦志向の活発な棋風である。

将棋は相手の棋風によって自分の内面が引き出されることもあるから、伴侶（権六からの受け売り）につられるようにして、信吾の中に眠っていた行動力がムクムクと起き出したのではないか。実際、「口が裂けても」では、信吾は焦り、急ぐ。「やってはならない失策、問題点を見極められなかったのですから」と信吾自身が話しているが、信吾が汗をかくようになって、物語に幅が生まれたように思う。

では、波乃の活躍を振り返ってみよう。

波乃という新しい風が生んだ傑作は「そろいの箸」（『なんて嫁だ　めおと相談屋奮闘記』）であった。

この作品では、波乃がはじめて相談を受けるが——相手は三人の子どもだった——波乃は相談案件を解決したあと、子どもたちと一緒に日本橋の室町《むろまち》まで出向く。この情景が、なんと鮮やかだったことか。

信吾が散策をするのは、将棋会所、そして実家の宮戸屋の近くに限られるし、なんとなく読者である私もその風景に慣れ切っていた。ところが、波乃が足を踏み入れた日本橋はモノクロームからカラーへと色彩が転調したかのように、鮮やかだった。もちろん、「めおと箸」そのものも私の中で、美しい工芸品へと脳内変換されたのは言うまでもない。

波乃はこのシリーズに色をもたらしたのだ。

ところが、なにぶんにも経験が不足している。波乃の魅力が、危うさになり得ることを示したのが「女先生冷汗」（『寝乱れ姿　めおと相談屋奮闘記』）だった。

この作品は、野口卓さんの「ご隠居ざん」シリーズの世界とも通底する鏡をモチーフとしたものだが、波乃は「糸」と「イト」というふたりの女性をめぐって解決に奔走する。が、持ち前の機動力が裏目に出てしまう。それが冷汗の原因になったわけだが、波乃とイトのふたりによる会話の応酬を読んでいるだけで、ハラハラしてしまった。

横道に逸《そ》れてしまうが、このイトという女性が、印象深い。私などは「結構な、いい女」と思ったものだ。波乃とのやり取りから、その凛《りん》としたたたずまいが容易に想像でき、しかも芯の強さを持っている。これは相当、魅力的な女性に違いない……。なにせ、積極派の波乃が「圧倒されていた」のだから。おそらく、二度と登場することはないが、イトの残像が私の頭から離れない。野口さんが登場させる端役は侮れないのだ。

今回、この解説文を書くにあたって気づいたのは、「相談屋」シリーズは女性が物語を動かす役割を担っているということだ。

「破鍋に綴蓋」では、信吾の祖母であり、宮戸屋の大女将である咲江が若いふたりの失言をすべて丸く収め、めおと相談屋への道筋を切り拓《ひら》く。

そして波乃が嫁ぐことになり、料理を教えるために実家の春秋堂から共にやってきたモト。「泣いた塑像」（『梟の来る庭　めおと相談屋奮闘記』）はシリーズ作品の中でも白眉の一本だが、モトは「家」に翻弄されるものの、女性というより、人として確固とした信念を持って動く女性だった（というより彼女は徹底したリアリストだったことが明かされる）。

そして本作に収められた「一陣の風」は、本所から通ってくる「女チビ名人」と呼ばれるハツの物語である。

「信吾先生おはようございます。みなさんおはようございます。常吉さんおはよう」と元気よく挨拶するハツが登場すると、いつもホッとする。シリーズの中で、ハツは脇役と端役の間を行ったり来たりするが、彼女の成長は将棋会所に新たな息吹を注入し、席亭である信吾でさえも予期していなかった前向きな「気」が充《み》ちることとなる。

そんなハツが唯一の動揺を見せ、物語に彩りを加えたのが、縁談がまとまった波乃がはじめて将棋会所を見学にやってくる「破鍋に綴蓋」の場面だ。波乃の姿を認めたハツが動揺する姿は、彼女が思春期を迎えたことを示唆していた。

そして「一陣の風」では、ハツが後輩たちの面倒を見ることになるのだが、その和気《わき》藹々《あいあい》とした情景は、野口さんが『手蹟《しゅせき》指南所「薫風堂《くんぷうどう》」』で書いた子どもたちの世界にも通じる。

さらにハツは、第二回将棋大会が書かれる「邪気と無邪気」では棋士としての成長を示すが、将棋会所を揺さぶる人物として登場する猩写とハツとの距離感もまた、話の展開に重要な意味を持っている。

いつの間にか、ハツは物語を動かす鍵を握る人物に成長していたのが、なんともうれしい。


このように、「めおと相談屋奮闘記」には顔が見える登場人物がその場所を占めるようになり、独自の世界を形成している。

脇役だと思っていた登場人物が、時として重要な役回りを演じ、またある時は信吾が波乃の助けに回る。今回、「邪気と無邪気」には、将棋大会に参加する新しい人物が登場してくるが、「めおと相談屋奮闘記」は出入り自由、今後も雑多な、印象的な人物が登場してくるに違いない。そして、物語を通して成長し続ける信吾と波乃が他者に対してどう寄り添っていくかを見守るのが楽しみだ。

もともと野口さんの作品はバラエティに富む。時代小説の本格派ともいうべき『軍鶏《しやも》侍《ざむらい》』をはじめとして、『心の鏡　ご隠居さん（二）』、『手蹟指南所「薫風堂」』といった世話物には、一冊の中に様々な色合いの作品が並び、それは芸人が登場する寄席《よせ》が生みだすエネルギーに似ている（現在、東京には落語寄席が四席あるが、野口さんの芸質は折り目正しい上野の鈴本《すずもと》演芸場かな、と勝手に思っている）。

そして私が期待しているのは、信吾と波乃の間に出来るであろう子どもの誕生だ。「初めての夜」（『あっけらかん　よろず相談屋繁盛記』）を読む限り、同衾《どうきん》したふたりの相性は良さそうだし、さて、いつになったら子どもが出来るのやら……。

なんだか、自分が宮戸屋か春秋堂で、孫の誕生を待っているような気持ちになってきたようだ。

もし、そのときが訪れたら、その夜は赤飯を炊くことにしよう。

（いくしま・じゅん　スポーツライター）

本書は、集英社文庫のために書き下ろされた作品です。

本文デザイン／亀谷哲也［PRESTO］

イラストレーション／中川 学

S 集英社文庫

風《かぜ》が吹《ふ》く　めおと相談屋奮闘記《そうだんやふんとうき》

2022年1月25日　第1刷　　定価はカバーに表示してあります。

著　者　野口《のぐち》　卓《たく》

発行者　徳永　真

発行所　株式会社　集英社
東京都千代田区一ツ橋2-5-10　〒101-8050
電話　【編集部】03-3230-6095
【読者係】03-3230-6080
【販売部】03-3230-6393（書店専用）

印　刷　図書印刷株式会社

製　本　図書印刷株式会社

フォーマットデザイン　アリヤマデザインストア　　マークデザイン　居山浩二

ISBN978-4-08-744343-1 C0193